# 외로움의 습도

청소년
테마
소설

# 외로움의 습도

김민령
문이소
보 린
송미경
윤해연
전삼혜
탁경은

문학동네

| 차 례 |

# 전 삼 혜 … 외로움 감소 장치

격주 등교가 끝나고 2학기부터는 전면 등교가 실시될 수도 있다는 소리가 들렸다. 나는 슬슬 엄마가 화제를 꺼내겠구나 하고 있었다. 엄마 입을 보면 시동 거는 소리가 들리는 것 같았다. 아니나 다를까, 더 미룰 수가 없다고 생각했는지 엄마는 저녁 식탁에 나와 동생이 앉은 자리에서 말했다.

"슬기, 방학에 운동 좀 하지?"

"쪽팔리게 슬아 있는 데서 말하지 말라고."

내 입에서는 반사적으로 쪽팔린다는 말부터 나왔다. 그야 그렇지. 취미로 하루에 한 시간씩 조깅을 하는 애 앞에서 '운동'이라는 말을 하면 어떡해. 슬아는 초등학교 때 장거리달리기 선수였다. 선후배 관계며 뭐며 딱 질색이라고 학을 떼고 운동을 그만두었지만 세 살 버릇 여든 간다고…… 이럴 때 쓰는 말은 아니었나? 아무튼 아직도 주 3회 운동을 꼬박꼬박 지키는 바른 생활 중학생이었다.

그에 비해 나는? 감염병 사태 이후 내 몸무게는 상승했고 걸음 수는 하락했다. 단순히 살이 찐 것뿐이라면 엄마도 이렇게까지 호들갑 떨진 않았을 텐데, 너무 급하게 체중이 늘어나니 무릎이 아파 왔고 병원에 가자 규칙적 운동과 체중 감량만이 해결책이라는 답변이 나왔다. 그게 3주 전이었나?

그다음 화제는 무슨 운동을 할 건지였다.

"헬스는 싫어. 나한테 트레이너가 막 소리 지르는 거 엄청 스트레스야."

"그래. 선생님이 너는 웨이트 트레이닝은 무리라더라."

"지금 언니는 걷는 게 웨이트 아님?"

"야."

깐죽거리는 슬아를 한번 째려봐 주었다.

"그럼 필라테스? 여성 전용반 있다는데."

슬아가 '여성 전용 필라테스'를 검색해 우리 앞에 밀어 놓았지만 엄마와 나는 동시에 고개를 저었다.

"비싸."

고등학생과 중학생, 그것도 한창 잘 먹고 위로도 옆으로도 잘 크는 애 둘을 건사하며 한 달에 최소 10만 원의 운동비를 내는 건 엄마에게는 쉬운 결정은 아닐 터였다. 슬아는 모처럼 낸 의견이 묵살당하자 벌러덩 드러누워 버렸다.

"대체 하고 싶은 게 뭐야!"

슬아의 투정 섞인 외침에 나는 속으로만 대답했다.

원격 수업만 하고 싶어.

하지만 내 맘대로 다 될 리가 없지. 돈 안 들고 소리 지르는 사람도 없는 달리기가 좋겠다는 게 엄마의 결론이었다. 나는 한때 슬아 옆에서 달리기를 해 보겠다고 샀던 러닝화를 꺼내 신었다. 물론 몇 번 못 신었다. 아니, 사람이 어떻게 45분을 내리 달릴 수 있냐고. 슬아는 뒤로 처지는 나에게 안쓰러운 눈빛만 한번 보내고 그대로 달려 나갔고, 나는 슬아를 기다리며 40분 내내 아픈 옆구리를 붙잡고 계단에 앉아 있었다. 그때는 그나마 마스크라도 없었지. 마스크를 쓰고 달리기라니, 이건 고행이야. 러닝화를 꿰 신고 현관에 주저앉아 대체 어떻게 해야 하나 막막해하고 있는데 슬아가 내 핸드폰을 쑥 내밀었다.

"절대 전력 질주 같은 거 할 생각도 말고, 걷다 뛰다 해."

"너 또 뭐 이상한 거 깔았어?"

"언니가 깐 이상한 셀카 앱보단 백배 나음."

슬아가 깔아 준 앱 이름을 인터넷에 검색하며 나는 슬아를 흘겨보았다. 운동하는 능력이 다 슬아에게로 갔다면, 예쁘게 말하는 능력은 다 나에게로 온 게 분명했다. 그러지 않고서야 저렇게 말하는 족족 얄미울 수는 없지.

슬아가 깔아 준 앱은 평점이 좋았다. 인터벌 달리기? 1분 뛰고 2분 쉬기? 에이, 이 정도를 못 하는 사람이 어디 있냐. 슬아 얘가 날 너무 우습게 보네. 나는 코웃음을 치며 근처 체육공원으로 나갔다. 그리고 10분 후, 나는 나 자신을 과대평가했음을 깨달았다.

세상에, 1분이 이렇게 길었냐.

아무리 산소를 들이마시려고 해도 마스크의 철벽 방어를 이기기 힘들었고, 마스크 안에 맺히는 땀은 훌륭한 가습기 역할을 해 주었다. 그렇지. 숨 쉬기 편하면 마스크를 잘못 쓴 거지. 하지만 이 정도일 줄이야. 나는 세수할 곳을 찾아 사방을 헤맸지만 음수대도, 하다못해 앉을 만한 벤치도 테이프로 둘러싸여 있었다. 앱 안의 트레이너가 뭐라 뭐라 떠들어 대는 것도 더 이상 귀에 들어오지 않았다. 누가 나 좀 들어서 집까지 옮겨 줬으면 좋겠다고 간절히 생각했다. 날 옮겨 주든지, 살을 빼 주든지. 하지만 하늘은 응답이 없었고 나는 네발로 기다시피 집에 돌아왔다. 슬아가 내 핸드폰을 가져가 기록을 보더니 아예 바닥을 굴러다니며 웃기 시작했다.

"와, 1분 인터벌 세 번 하고 뻗었어! 내 언니지만 진짜 쩐다. 햄스트링이 있긴 한 거?"

"몰라……. 햄스트링은 또 뭐야……."

땀에 푹 젖어 버린 운동복을 벗느라 낑낑대며 나는 맥없이 답했다. 슬아는 나를 일으키더니 허리만 아래로 굽혀 손끝을 바닥에 닿게 해 보라고 했다. 아, 이거 유연성 재는 자세잖아아아아악! 잠깐, 내 무릎 뒤! 무릎 뒤! 슬아는 피식 웃었다.

"샤워하면서 몸 잘 주물러. 안 그러면 언니 내일 근육통으로 기절할 수도 있음."

아. 전면 등교 왜 하지. 격주로 등교하면 5일 학교 가고 9일 쉬는데. 학교에 빨리 가고 싶다고 인터뷰하는 어린이들을 보니 삐뚤어진 생각이 불쑥 솟았다. 너네 친구 많구나? 아니, 그렇다고 내가 뭐 괴롭힘을 당하는 건 아니었다. 조별 과제 할 친구도 있고, 만나면 다들 안녕 인사 정도는 하고. 그냥 칸막이 안에서 급식 먹고, 쉬는 시간에도 마스크 쓰고 앉아서 수다 한번 제대로 못 떠는데 왜 가야 하냐는 거다. 그러고 보니 생활복 작아졌으면 어떡하지. 씻고 나오자마자 바닥에 앉아 허벅지를 툭툭 두드렸다. 그런 날 보고 슬아가 킥킥 웃었다.

"엄마가 언니 10분 연속 뛰기 성공시키면 내 노트북 새걸로 바꿔 준대."

10분요? 지금 1분 뛰기 세 번 하고 뻗은 사람에게 10분이라니. 제안을 한 엄마나 그걸 받아들이는 슬아나 제정신이 아닌 게 분명했다.

"엄마, 엄마가 나가서 뛰어 봐. 10분을 어떻게 뛰어!"

"엄마 뛰는데?"

내가 소파에 앉은 엄마를 향해 항의하자 슬아가 냉큼 대답했다.

"엄마 나랑 조깅 같이 해. 몰랐지? 아무튼 언니는 이제부터 꼬박꼬박 내가 하는 말 듣기야."

이 집안, 나 빼고 다 운동광이었어?

나는 방으로 들어가려는 슬아의 뒷덜미를 잡아챘다.

"10분을 뛰면 너는 노트북을 바꾸는데, 나한텐 대체 무슨 이득이 생기냐?"

슬아가 어이없다는 듯 내 손을 뿌리쳤다.

"언니 무릎에 무리가 덜 가겠지."

나를 위한 건 모두 날 힘들게 한다.

그리고 다음다음 날, 나는 다시 체육공원으로 나갔다. 슬아가 일단 1분씩 달리기를 지겨워질 때까지 하고 들어오라고 해서 지난번 프로그램 그대로. 자꾸만 앞으로 굽는 허리를 세우고 정면을 보며 달리자 첫 1분은 금방 갔다. 이제 2분간 걷기 시간이네. 나는 숨을 고르며 슬쩍 주변을 둘러보았다. 해가 질 무렵이 되어서인지, 운동하는 사람들이 제법 보였다. 걷기 휴식이 30초 남았다는 알림을 들은 순간, 내 눈은 전력 질주 자세로 달팽이 속도를 내고 있는 깡마른 여자애에게 닿았다. 상체가 앞으로 확 기울어진 데다 시선은 바닥에 고정되어 있고 좌우로 비틀거리기까지 했다. 이거 혹시 슬로모션인가. 와, 쟤 저러다 쓰러지겠는데. 근데 우리 학교 생활복이네. 30초가 순식간에 흘러가고 다시 지옥 같은 1분이 시작되려는 그때였다.

"아이고 학생!"

이어폰 속 트레이너의 목소리보다도 우렁차게 아주머니들의 외침이 들렸다. 뒤돌아보니 아까 그 멸치 달팽이가 트랙 한가운데 주저앉아 있었다. 저럴 줄 알았어. 나는 다시 뛰려고 했지만 하필 내 앞에서 뛰던 분들이 우르르르 역주행을 해서 그 애에게 달려가는 바람에 나도 덩달아 역주행을 했다. 멸치 달팽이는 옆구리를 부여잡고 쌔근쌔근 숨을 몰아쉬고 있었다. 아이고, 아프겠다, 생각한 시간도 잠시, 나는 한 아주머니에게 붙들려 스탠드 쪽으로 끌려갔고 다른 아주머니 아저씨 들이 멸치 달팽이를 업고 와서는 머리를 턱, 하고 내 무릎에 올렸다.

"저기, 이……."

이게 뭐죠, 라고 묻기도 전에 멸치 달팽이의 이마에 찬 수건이 올라가고 이온음료가 다섯 캔이나 내 옆에 줄지어 놓였다. 그리고 한 아주머니가 내 손에 턱, 생수 한 병을 쥐여 주며 말했다.

"친구 때문에 놀랐겠네! 좀 쉬면 괜찮아져! 친구가 평소에 운동을 안 하나 봐!"

그리고 트랙은 아무 일도 없었다는 듯 한 방향으로 도는 사람들로 다시 채워졌다. 저기요, 이게 대체 무슨 일이죠. 나이만 비슷하면 대충 다 친구인가요. 나는 주머니에서 핸드폰을 꺼내 '훈련 멈춤' 버튼을 눌렀다. 오늘은 1분 뛰었지만, 이번엔 이유가 있다 슬아야. 이해해 주라.

핸드폰을 다시 주머니에 넣었을 때 무릎에서 으으으으, 소리가 들렸다. 멸치 달팽이는 머리에 얹은 수건을 내리더니 베고 있는 것이 내 무릎인 걸 그제야 안 양 후다닥 일어났다. 아니, 더 베고 있어도 큰 문제 없는데…….

"미, 미안해. 진짜 미안해."

겁먹은 듯한 눈동자가 사방으로 튀었다. 누가 보면 내가 협박한 줄 알겠네. 나는 적당히 하라는 뜻으로 손사래를 치며 내 이름이 김슬기고, 우리는 아마 같은 학교인 것 같다고 나를 소개했다. 멸치 달팽이의 이름은 신명아였다. 같은 학년이었지만 같은 반은 아니었다. 옆 반도 아니라 옆옆옆 반. 나는 3반, 명아는 6반.

"미, 미안. 원래 어지럼증이 좀 있어서……. 그래서 카드지갑 안에 비상연락처랑 그런 거 넣고 다녀. 쓰러질까 봐……."

명아가 목걸이 카드지갑에서 코팅된 종이를 굳이 빼내 보여 주려다 떨어뜨렸다. 명아는 그걸 겨우 주워 다시 지갑 안에 넣었다.

아주 조금 진정된 듯한 눈동자가 나를 향했다. 아, 눈 크네. 멸치보단 치와와 같다.

"그, 근데 방금은 그냥 다리에 힘이 풀린 거라 좀 쉬면 되는데……. 아주머니들이 막 소리를 치니까 머리가 울려서……."

쉬면 된다고 말할 기회도 없었던 거겠지. 나는 이해한다는 뜻으로 고개를 끄덕였다. 명아가 고개를 숙이고 나를 흘끔거렸다.

"저, 전면 등교 하기 전에, 운동 좀 해 보려고……. 그런데 이렇게……."

명아는 스탠드에 앉아 발끝을 툭툭 찼다. 러닝화가 내 것처럼 말끔했다.

"슬기 너는…… 달리기, 잘해? 나 내가 3분도 못 뛸 줄은 몰랐어……."

아니. 못해. 하지만 네가 3분 뛰는 날보다 내가 10분 뛰는 날이 빨리 올 것 같긴 하다. 나는 혀끝까지 튀어나온 말을 마스크 안으로 집어삼켰다. 내 입은 슬아를 닮아서 가끔 얄밉게 굴 때가 있다. 그나저나 3분이라니, 컵라면 하나 익는 시간이 우리에겐 길기도 길구나.

"나도 3분 못 뛰어."

"……."

"근데 1분씩 세 번 뛸 수는 있어."

덧붙인 말에 명아의 얼굴에 존경심이 자라나는 게 보였다. 와, 정말 쪽팔리고 자랑스럽다. 1분씩 세 번 뛴 게 자랑이다. 명아는 눈을 크게 뜨고 물었다.

"1분씩 세 번 뛰어도 운동이 돼?"

……존경심 아니었던 것 같네. 나는 내가 쓰는 앱을 보여 주며 이 운동장에 나오게 된 계기를 구구절절 설명했다. 슬아 노트북 얘기는 빼고. 명아는 같은 앱을 검색해 자기 핸드폰에 깔고 이것저것 눌러 보다 입을 쩍 벌렸다.

"우와. 일주일에 세 번 뛰면 두 달 만에 10분도 뛸 수 있대!"

"오."

처음 미안하다고 할 때보다 목소리가 열 배는 커져 있길래 나도 모르게 감탄하는 소리를 냈더니 명아가 급하게 핸드폰을 껐다.

"나, 나 뭐 잘못했어?"

다급한 목소리에 내가 더 놀랐다.

"아니, 처음보다 목소리도 커지고. 이제 괜찮은가 보다 싶어서. 너 잘못한 거 없어."

명아가 한숨을 푸욱 쉬었다.

"아, 그, 내가 낯을 좀 가려서……. 아까 답답하게 해서 미안해."

어떤 사람이든 어떤 날이든 처음 5분간은 만나면 꽁꽁 얼어 버린다고 명아는 나에게 말했다. 왜인지는 자기도 모르고 체질 같다고. 명아가 또 '미안해'라고 하기 전에 나는 달리기 이야기로 화제를 돌렸다. 10분 연속 뛰기 하려면 두 달이 걸린다고?

두 달이라. 지금부터 방학 내내 뛰면 가능한가. 아니, 그 전에 일주일에 세 번이나 뛰란 말인가. 그런데 나야 체중을 줄이는 게 목적이라 치고, 얘는 전면 등교랑 운동이 무슨 상관이지? 나는 슬쩍 명아에게 운을 띄웠다.

"너도 엄마가 시켰어?"

명아는 고개를 저었다.

"엄마는 이럴 시간에 보약을 먹으라고 해."

"보약은 앉아서 먹을 수 있으니까?"

농담 삼아 한 말이었는데 명아는 그 말이 맘에 들었는지 깔깔대며 웃었다. 저, 저러다 또 넘어질라. 내가 좌우로 흔들리는 명아를 잡으려 양손을 뻗자 명아는 웃음을 멈추고 몸을 쑥 뒤로 뺐다. 약간 겁먹은 표정. 하긴 나도 오늘 처음 만난 애한테 좀 과했나 하는 생각이 들었다. 우리 둘은 머쓱해져서 트랙만 보았다. 트랙을 따라 천천히 빨리 걷고 달리는 사람들을 보면서 명아는 말했다.

"아, 난 사실 학교 안 가는 게 좋은데."

처음에는 명아가 공부를 싫어하나 했다. 줌 수업은 농땡이 부리기 좋으니까. 하지만 명아의 성적은 놀랍게도 전교 3등이었다. 1등도 2등도 아니라 3등이라는 그 애매한 숫자마저 명아에게 어울린다는 생각이 들었다. 전교 3등이 왜 학교 가기가 싫으냐고 묻자 명아는 대답했다.

"체육 수행이 너무 개판이라 3등."

뭐라는 거야. 내가 표정에 감정을 드러내자 명아는 눈썹 사이를 한번 찡그리더니 다시 설명했다.

"미안해. 내가 말할 때 좀 점프하는 버릇이 있어서. 그러니까, 공부로만 평가하면 전교 1등도 할 수 있을 것 같은데 나는 진짜 체육 수행 점수가 너무너무 엉망이거든. 나랑 조 짜면 가산점 준다고 체육이 말했다니까. 그래서 차라리 학교를 안 가는 게 좋다는 거지. 나랑 체육 수행 하는 애들은 개꿀이건 뭐건 간에 하나 더 배울 거 못 배우는 거라."

아아. 그런 거였구나. 내가 고개를 끄덕이자 명아는 픽 웃었다.

"어디 아픈 건 아냐? 아픈데 무리해서 할 필요는 없잖아."

명아가 후다닥 줍던 코팅된 종이를 떠올리며 나는 물었다.

"병 같은 건 없어. 그냥 멸치야. 아무리 먹어도 살도 안 찌고 체력도 안 붙어."

와, 힘들어서 어쩌냐. 살이 안 쪄도 고생이네.

"근데 학교에서 가끔 현기증 나고 쓰러지고 그러니까, 주위 사람들 보기 쪽팔리잖아. 나 병원 정밀검사 파일도 교무실에 제출했다? 이상 없다고. 유산소운동이 지구력에 좋다고 해서 뛰러 나왔는데, 아, 진짜 안 되네."

"그건 자세 문제야."

처음엔 빌빌거리던 명아가 의외로 줄줄 자기 할 말을 쏟아 내서일까? 나도 모르게 말이 툭 튀어나왔다. 명아가 지겹다는 표정으로 내 얼굴을 노려보았다.

"마음의 자세 어쩌고 하지 마."

"아니. 달리기 자세. 전력 질주하듯이 뛰잖아."

"응?"

다음 날, 나는 슬아를 데리고 나왔다. 운동 기록이 1분에 멈춘 걸 보고 날 젖은 음식물 쓰레기 보듯 하는 슬아에게 구구절절 설명하다 보니 그렇게 되었다. 슬아가 말하길, 운동 초짜끼리 서로 자세 코칭을 하는 것보단 제삼자의 눈으로 보고 해 주는 게 훨씬 나을 거라고 했다.

마스크를 낀 운동복 차림의 슬아가 앞에 서자, 명아의 눈은 처음 내 다리를 베고 누웠던 때의 치와와로 돌아갔다. 슬아가 이리저리 명아를 훑어보았다. 명아가 거의 파들파들 떨 지경이 되자 슬아가 내게 귓속말을 했다. 이 언니, 병원에 가야 하는 거 아님? 지금 다리 휘청대는데? 운동이 아니라 재활이 필요한 거 아님? 그렇게 크게 귓속말하는 게 소용이 있긴 할까? 하지만 나도 귓속말로 대답했다. 아냐. 그냥 멸치일 뿐임. 저건 쟤 원래 성격이 아님. 5분만 기다려.

"원래 성격이 어떻기에……."

슬아가 갑자기 크게 중얼거리는 바람에 명아가 나를 째려보았다. 그래, 나에게는 이제 낯을 안 가리는구나.

준비운동으로 발목과 허리, 무릎을 먼저 풀었다. 슬아 이 지지배, 나한테도 안 가르쳐 준 걸. 곧 슬아는 우리를 트랙 대신 운동장 가운데로 데려갔다.

"어, 명아 언니. 여기서 저쪽으로 30초만 뛰어 보세요. 조깅하듯이 천천히."

"저, 아니, 나, 나 혼자요?"

"그럼요. 지금은 명아 언니 자세 봐야 하니까."

명아가 나에게 도와 달라는 눈빛을 보냈지만 나는 허공을 보았다. 슬아는 단호했다.

"한 명씩 따로 봐야죠."

잠시 후 슬아도 '전력 질주 멸치 달팽이'를 목격할 수 있었다. 씨근대는 명아를 일단 축구 골대에 기대서 쉬라고 한 후, 슬아는 오른손을 쇄골 위로 올려 꾹꾹 눌렀다. 명아는 몰라도 나는 그게 슬아가 필사적으로 웃음을 참을 때 하는 동작이라는 걸 알고 있었다. 그렇지만 결국 슬아는 풉, 웃어 버렸다. 명아가 터덜터덜 우리 앞으로 걸어왔다. 그리고 슬아 앞에 똑바로 서서 고개를 삐딱하게 쳐들고 말했다.

"웃기냐?"

나는 반사적으로 핸드폰 시계를 보았다. 5분 지났나? 아니, 아직 그 정도는 안 됐을 텐데? 찔끔 놀란 슬아가 뒤로 물러났다. 명아는 화를 내고 있었다. 나는 명아의 어깨를 붙들었다. 분노가 시간을 단축시킨 모양이었다. 하지만 명아는 아직도 겁먹은 치와와처럼 다리를 바들바들 떨고 있었다. 그러면서도 두 주먹을 꽉 쥐고 씨근대면서 계속 말했다.

"아, 웃어. 웃으라고. 나 개웃긴 거 아니까 웃으라고. 왜? 못 웃겠어?"

"아니, 그게 아니라…… 죄송해요."

슬아는 변명하지 않고 고개를 숙였다.

"웃겼구나."

명아는 소리를 낮춰 중얼거렸다. 그러다 퍼뜩 정신이 들었는지 "화, 화내서 미안……." 하며 내 뒤로 슬그머니 숨었다. 나는 고개를 돌려 명아에게 속삭였다. 너 지금 다리부터 어깨까지 떨리니까 가서 좀 앉자. 그리고 내 동생 그렇게 나쁜 애 아니야.

우리는 그늘이 있는 스탠드로 자리를 옮겼다. 우리 셋은 왜 뛰게 되었는지, 왜 안 뛰어지는지를 한참 얘기했다. 슬아는 명아가 잘 못 뛰는 이유 중 하나는 어디까지 힘을 내야 자신이 다치지 않는지 그 한계를 몰라서 '힘들어도 악을 쓰고' 뛰기 때문이라고 했다. 그러면서 명아에게 상체를 더 세우고 보폭을 더 좁혀서 옆 사람과 얘기할 수 있을 정도로만 뛰라고 했다. 옆 사람 누구? 나? 내가 묻자 슬아는 당연하다는 듯 고개를 끄덕였다. 어차피 나도 아주 느린 속도부터 시작해야 한다고. 절대 이 앱 쓰는 사람들이 평균 속도를 얼마나 내는지 검색해 보거나 따라 하려고 하지 말라고도 했다.

"오래 뛸 줄 아는 사람이 되어야 해요. 오래 뛸 줄 알면 당연히 오래 앉아 있을 수도 있고, 오래 걸을 수도 있잖아요. 일단 1분부터 해요. 허리 펴고, 앞 보고."

슬아는 과자 먹으면서 굴러다니던 내 동생 슬아가 아니라 달리기 코치, 전직 장거리달리기 초등부 꿈나무 김슬아가 되어 있었다. 명아는 슬아의 달리기 강의를 핸드폰으로 녹화했다. 와, 저러니까 전교권인가. 슬아는 좀 본받으라는 듯 나를 한번 흘겨본 후 침을 꿀꺽 삼켰다. 그리고 명아에게 진지하게 물었다.

"그럼 더러운 쪽이 진짜 성격인 거죠?"

다시 말하지만, 우리 집안에서 예쁘게 말하는 능력은 전부 나에게로 온 게 틀림없다.

명아는 한숨을 푹 쉬고, 먼 곳을 보면서 말했다.

"선입견이라는 게 있잖아. 애가 공부를 잘해. 근데 몸집이 엄청 작아. 수줍음도 많아. 사실 성격이 진짜 더러운데도, 수줍음 때문에 표출할 일이 별로 없어. 그러니까 사람들이 만만하게 보더라. 처음엔 낯가림 푸는 데 하루 걸리고, 한 시간 걸리고 그랬어. 그런데 반이 바뀔 때마다 빨리빨리 낯가림을 풀지 않으면 만만한 애가 되니까, 이것도 엄청 단축한 거야. 나도 만나자마자 활발하게 굴고 싶은데, 5분간은 도저히 그게 안 돼."

슬아와 나는 고개를 끄덕였다.

"낯가림이 사라졌다고 바로 더러운 성격 드러내면 또 애들이 싫어한다? 쟤 내숭 떨었다고. 그래서 이젠 친해져야 조금씩 성격 드러내. 적당할 때 쏘아붙이고, 거절하고. 그런 타이밍 잡는 것도 되게 힘들어."

스트레스로 살 더 빠지겠다. 나는 그렇게 생각하며 속으로 혀를 찼다. 소형견들은 안전한 곳에서는 작고 귀엽기만 하다가도, 위급한 상황이 오면 터무니없이 사나워진다. 약육강식의 세계, 살아남으려면 빠르게 태세를 전환해야 했다. 그게 명아에게는 적당한 때 적당히 성격을 드러내는 일이었겠구나. 생존 전략이었구나.

"칸막이 안에서 밥 먹는 건 상관없어. 그런데 언젠가 칸막이가 다 사라지고 애들 사이에 껴서 또 계산하고 고민하며 대화를 이어 가야 한다는 생각을 하면 엄청 막막해. 아, 물론 마스크 안 쓰는 게 좋지. 병 안 걸리는 게 좋고. 근데 그게 진짜…… 음……."

나는 명아가 하려다가 만 말을 알 것 같았다. 외롭다는 말. 처음 만난 친구 동생에게 하기엔 애매하고 말캉한 말.

슬아의 감독하에 명아와 나는 1분 달리기를 아주 천천히 세 번 한 다음, 아무도 쓰러지지 않은 것을 자축하며 하이파이브를 하는 것으로 그날의 달리기를 마무리했다. 명아는 버스 정류장으로 간다고 했다. 나는 명아 버스 타는 걸 보겠다며 슬아에게 먼저 가라고 했다. 버스 정류장에서 버스를 기다리다 명아가 중얼거렸다.

"달리기는 외로울 줄 알았어."

지금은 외롭지 않다는 소리 같아서, 나는 살짝 기뻤다.

그다음부터 우리는 같이 뛰기로 했다. 첫날에는 뛰기보다 다른 게 더 힘들었다. 슬아가 옆 사람과 대화할 정도로 여유 있게 뛰랬는데, 명아와 나 사이에 할 말이 많지가 않았다. 게다가 사람들은 다 왜 이렇게 잘 뛰고 빨리 걷는지. 경보하는 사람들이 우리보다 빠른 것 같았다. 명아는 며칠 후 내게 톡을 보내왔다. 노래 들으면서 뛸래? 노래에 맞춰 뛰면 좀 낫지 않을까? 나는 고민하다 대답했다. 우리가 맞춰 뛰려면 발라드를 들어야 할 것 같은데? 명아는 다시 톡을 보내왔다. 발라드면 어때. 유튜브 프리미엄 있으니까 같이 듣자.

우리는 준비운동을 끝내고 이어폰을 한 쪽씩 나눠 끼었다. 좀 희망찬 노래가 좋을 거 같아. 명아는 〈멜로가 체질〉 OST를 검색해서 틀었다. 우리는 발을 맞춰 뛰었다. 이쯤 되면 이인삼각인가. 흔들리는 꽃들 속에서 샴푸 향은커녕 마스크 속에서 습기가 훅훅 느껴졌지만 우리는 평온하게 1분씩 세 번을 뛸 수 있었다.

음. 이 정도면 2학기 개학 전에 5분은 가능할 것 같았다. 한편으론 좌절감이 밀려왔다. 그러니까 지금 방학 동안 목표가 5분 연속 뛰기란 말인가. 집에 오는 길, 노래나 계속 들어야겠다고 생각하며 핸드폰으로 유튜브를 재생했다. 유튜브의 신기한 알고리즘은 나를 같은 가수의 다른 노래로 인도했다. 느긋하고 다정한 음색. 나는 걸으면서 노래 가사를 검색해 보았다. 〈외로움 증폭 장치〉라는 제목의 신선함과 목소리의 다정함에 비해 가사는 꽤 청승맞았다. 하지만 내 얘기 같았다. 모든 게 다 한심하게 살다니. 쉽지가 않네요.

개학이 가까워 오자 반 단톡방에 오가는 대화가 늘어났다. 등교가 좋다는 얘기가 반, 싫다는 얘기가 반. 나처럼 급격하게 살이 쪄서 교복이 안 맞는다는 이야기가 익명 커뮤니티 게시판에 올라오기도 했다. 그러고 보니 명아도 익게 같은 거 하려나? 안 할 거 같은데. 아니다, 이미지 관리 하려면 그런 데서 하소연할 것도 같고. 나는 운동 파트너이면서도 명아에 대해 아는 게 별로 없었다. 이름, 반, 전화번호 외에는. 반에서 명아는 어떤 애일까. 문득 궁금해져서 작년에 같은 반이었다 6반이 된 친구에게 톡을 보냈다. 너네 반에 신명아라고 있지? 답장을 보고 나는 내가 정말 명아에 대해 아는 게 없다는 걸 새삼 느꼈다. 답장은 '어느 신명아? 우리 반에 신명아 둘인데?'였다. 나는 어디서부터 어디까지 설명해야 할지 몰라서 그냥 '전교 3등'이라고 대답했다. 그러자 친구가 한숨 쉬는 이모티콘을 보내며 말했다. 우리 멸구 얘기냐? 친구는 뒤이어 설명했다. 몸도 약하면서 부득부득 뭐든 잘하려고 하는 게 너무 딱해서 별명이 멸구다. 신이여, 저 멸치를 구하소서. 성 붙여서 신멸구.

어 그래……. 그래도 미움은 안 받고 사는 것 같아서 마음이 놓였다. '나 걔랑 요즘 달리기한다'라고 하자 친구는 웃다가 쓰러지는 이모티콘을 보내더니 '멸구 안 쓰러지게 조심해라'라고 대화를 끝냈다. 쓰러지긴. 우리가 얼마나 잘하는데. 나는 핸드폰을 셀카 모드로 바꿨다. 볼살은 좀 빠졌나? 아무래도 무릎은 병원 가서 봐야 할 것 같은데. 전처럼 개학이 싫진 않았다. 하지만 전면등교를 했을 때 명아가 괜찮을지는 좀 걱정되긴 했다.

그리고 개학도 하기 전에, 명아는 쓰러졌다. 그것도 나랑 달리기하다가. 부득부득 3분 연속으로 뛰어 보겠다고 할 때 말렸어야 하는데. 3분 뛰고 2분 걷고를 세 번째 하다가 그냥 훅, 쓰러졌다. 블루투스 이어폰에서는 노래가 계속 나오는데 명아는 웅크린 채 정신을 못 차렸다. 하필 그날따라 트랙엔 사람도 별로 없었다. 결국 명아를 끌다시피 업고 간신히 그늘이 있는 곳까지 간 다음 119를 불렀다. 명아는 눈을 감고 신음만 흘리고 있었다. 호흡도 엄청 가빴다. 구급차가 오기까지 뭘 어떻게 해야 할지도 모르고 난 땀만 흘렸다.

구급대원이 도착했을 때도 명아는 여전히 숨이 가빴다. 들것에 실린 명아와 함께 구급차에 올라탔다. 일단 가까운 병원 응급실로 가겠다는 말에 나는 고개를 미친 듯이 끄덕였다. 내 얼굴이 눈물 콧물로 엉망이라는 건 흠뻑 젖은 마스크가 얼굴에 달라붙어서 알았다. 구급대원이 나에게 물었다.

"학생, 친구 부모님 전화번호 알아? 보호자한테 연락해야 돼."

"보, 보호자요?"

아니, 명아네 집이 어딘지도 모르는데 제가 보호자 전화번호를 알겠어요? 명아의 핸드폰은 잠금 상태였다. 과호흡으로 파들파들 떠는 애한테 비밀번호를 물어볼 수도 없었다. 구급대원은 질문을 바꿨다. 그럼 어느 학교 몇 학년 몇 반이야? 이름은? 나는 콧물을 킁 들이마시고 대답했다. 애는 2학년 6반이고요. 이름은 신명아인데, 그 반에 신명아가 두 명이에요. 그다음부터는 내 사고가 완전히 정지해 버렸다. 두 명중에 얘가 전교 3등이거든요. 근데 다른 신명아가 누구지? 아무튼 얘는 전교 3등인데요. 멀구……. 구급대원의 눈동자에 점점 한심함이 차오르는 게 보였지만 어쩔 수 없었다. 아는 게 그것뿐인데 뭘 어떡해. 점점 내 눈이 바닥을 향해 가다가 명아 목에 걸린 목걸이 끈에 닿았다. 나는 구급차 안에서 벌떡 일어설 뻔했다. 명아 목에 걸린 카드지갑에서 카드를 전부 뺐다. 있다! 그때 그 코팅된 종이! 나는 종이를 구급대원에게 내밀었다. 구급대원이 나 한 번, 명아 한 번, 종이 한 번 보고는 어디론가 전화를 걸었다.

나는 바닥에 떨어진 명아의 카드를 주섬주섬 주웠다. 딱 그 순간 구급차가 병원에 도착했기 때문에 나는 명아의 카드지갑을 소중하게 끌어안고 들것과 함께 응급실로 달렸다. 명아가 침대에 눕혀지고 좀 진정이 되자 명아와 똑같이 생긴 아주머니가 들어오시더니 두리번거렸다. 나는 손을 마구 흔들어 보였다. 아주머니는 색색거리는 호흡으로 웅크려 누운 명아를 보자 마른세수를 했다.

"또야, 또."

아, 이게 처음이 아니겠구나. 명아 어머니는 구급대원과 무어라 이야기를 하더니 접수를 해야 한다며 나가셨다. 구급대원은 나보고 세수 좀 하고 오라며 화장실 위치를 알려 줬다. 화장실에 들어가 휴지에 물을 묻혀 엉망인 얼굴을 닦아 냈다. 그러고 보니 이 콧물 범벅 마스크를 쓰고 집에 가야 하나. 숨이 쉬어지긴 할까. 휴지로 마스크 안쪽을 벅벅 문질렀지만 개운하지 않기는 마찬가지였다.

화장실 밖으로 나오자 명아 어머니가 서 계셨다. 놀라서 비명을 지를 뻔했다. 신명아만큼이나 말랐는데 키는 훨씬 컸다. 명아 어머니는 아무 말 없이 내게 비닐봉지 하나를 내밀었다. 비닐봉지 안에는 일회용 마스크와 비타민 음료, 물휴지가 들어 있었다. 병원 매점에서 급하게 산 거라 어떨지 모르겠네. 고마워. 다정한 목소리였다. 아녜요, 제가 무슨. 말은 그렇게 하면서도 새 마스크가 생겼다는 사실이 다행스러웠다.

"우리 멸치가 달리기를 한다고 해서 이제 안 쓰러지나 했는데."

아니, 집에서도 멸치라고 부르세요?

태몽은 고래였는데 애는 조산으로 멸치가 나왔다며 명아 어머니는 한숨을 푹푹 쉬셨다. 같은 반이냐는 말에 나는 그냥 운동하다 만난 사이라고 둘러댔다. 아무래도 아주머니들의 오지랖 덕에 만나게 됐다고 하면 더 걱정하실 것 같았다. 명아 어머니는 내 말을 듣고 배를 잡고 웃으셨다.

"우리 명아가 운동하다 친구를 만났다고? 세상에. 고래 아저씨가 코끼리 아가씨랑 결혼하는 소리를 다 하네."

그거 아저씨랑 아가씨가 반대 같은데요.

"명아랑 꽤 친한 모양이네. 안 그러면 지갑 종이를 알 수가 없었을 텐데."

어머니들의 혜안이란. 그래도 명아 어머니는 '운동하다 만난 사이'라는 게 마음에 드시는지 웃음기를 거두지 않으셨다.

"그런데 너희 어머니도 걱정하시겠다. 전화해야 하는 거 아니야?"

"아!"

이런. 예상한 시간보다 훨씬 늦게까지 나와 있었다. 나는 허둥지둥 엄마에게 전화를 했다. 엄마는 '친구랑 치킨 먹고 있다에 슬아랑 내기했는데, 병원이야? 엄마가 졌네.'라며 태평하게 대답했다. 명아 어머니가 손짓하셔서 전화를 바꿔 드렸다. 명아 어머니는 몇 발짝 떨어져 내게 안 들리는 이야기를 하시더니 나에게 전화를 돌려주셨다.

"학생 이름이 슬기야? 지금 운동 중이니까 치킨은 다음에 명아랑 같이 먹자. 내가 기프티콘 쏴 줄게."

명아 어머니는 회사 일 하다 잠깐 나온 거라며 나에게 명아를 부탁하고 가셨다. 어머니를 배웅하고 응급실로 들어가자 명아가 일어나 앉아 있었다. 두 손으로 머리를 마구 헝클어 대면서. 자존심이 단단히 상한 것 같았다. 명아는 씩씩대며 침대에서 내려와 운동화를 신었다.

"아, 우리 엄마 진짜! 너한테 뭐라 그랬어? 혹시 화냈어?"

처음은 짜증이었지만 뒤에 가서는 숫제 울음이 섞인 목소리였다.

"다음에 너랑 치킨 먹으래."

"엥? 치킨?"

"치킨 한 마리 다 먹을 수 있어? 우리 집은 1인 1닭인데."

"반 마리 정도는…… 아니, 우리 엄마랑 무슨 얘길 한 거야?"

명아 어머니가 처리를 다 해 주신 덕분에 우리는 금방 병원을 나왔다. 명아는 계속 나에게 엄마가 실례하진 않았느냐, 쓸데없는 소릴 하진 않았느냐 물었다. 나는 모른 척 조금 걸음을 빨리했다. 전에는 이 정도로도 숨이 찼는데. 명아마저 내 걸음을 빠르게 따라잡으며 계속 캐물었다. 확실히 우리 지구력이 늘었나 봐. 나는 명아에게 씩 웃으며 대답했다.

"5분 달리기 성공하면 다 말해 줄게."

명아가 으으으, 신음을 내뱉었다.

"개학하고도 두 달은 해야겠는데. 5분 달리기면."

"아냐. 너 엄청 늘었어. 한 달이면 될걸?"

우리는 시답잖은 이야기를 주고받으며 체육공원까지 걷는 걸로 오늘 운동을 마무리하기로 했다. 20분은 걸어야 하지만, 오늘의 우리라면 괜찮을 것 같았다. 명아가 쓰러지지 않게 내가 잡아 주고, 내가 무리하지 않게 명아가 적당히 뒤처져 준다면.

"아, 개학하면 두고 봐!"

짜랑짜랑한 명아의 목소리가 횡단보도에 울려 퍼졌다. 아직까지 전면 등교는 영 내키지 않지만, 이런 친구가 하나 생겼으니 격주 등교 정도는 참을 수 있을 것 같다는 생각이 들었다. 곧 더 더워질 텐데 달리기는 어떻게 할까. 나는 달리기 전에는 생각도 하지 않았을 걱정을 하며 명아와 나란히 걸었다. 조금 빠르게. 외로움이 따라오지 못할 속도로.

# 보린 … 큐브

체육 시간이었다. 밖은 뙤약볕에 매미 소리가 쏟아지는데 연우는 독감에 걸려 책상에 엎어져 있었다. 기침이 나고 몸이 으슬으슬했다. 가만히 있어도 세상이 빙빙 돌았다. 뇌만 쏙 빼 세탁기에 넣고 돌리는 것 같았다. 근데 그거…… 되나? 토끼 간도 아니고. 블루투스로 연결하면 되려나? 연우는 뒤죽박죽 떠오르는 생각을 흘리며 잠들었다. 내일 해고니 생일인데 야자 째고 해고니랑 집에 갈까…….

*

목덜미를 긁다 정신이 들었다. 허리가 아팠다.

"얼마나 잔 거야?"

교실은 여전히 비어 있었다. 생각만큼 오래 잔 건 아닌 모양이었다. 땀을 많이 흘려 찝찝했다. 연우는 아이들이 돌아오기 전에 세수라도 하려고 일어났다. 몸을 일으키자 머리가 어찔했다.

"아, 진짜 멀어."

연우 자리는 창가 줄 가운데였다. 비틀거리며 앞문 쪽으로 걸음을 옮기는데 이상한 일이 벌어졌다. 교실 중간에서 더 나아갈 수 없었던 것이다. 내딛은 발끝은 들린 채로 멈추었고 코끝은 눌리고 이마가 부딪혔다.

"뭐야, 이거."

발에 힘을 주자 닿아 있던 면이 천천히 밀려났다. 현기증이 났다. 이마를 댄 채로 체중을 실어 힘껏 찼다. 튕기는 느낌과 함께 저편에 있는 교탁과 칠판이 가볍게 출렁였다. 머리가 흔들리자 구역질이 났다. 속이 가라앉기를 기다렸다가 손을 뻗었다. 서늘하고 매끈한 면이 손바닥에 닿았다. 손끝을 꾹 눌렀다. 힘준 부분이 서서히 들어갔다. 푸딩 같은 느낌인데 손가락이 통과하지는 않았다. 실리콘? 하리보젤리?

"이거, 뭐야?"

선 채로 교실 안을 둘러보았다. 대신고등학교 3학년 2반, 교탁도 앞문도 뒷문도 그대로였다. 연우는 돌아서서 뒷문 쪽으로 걸어갔다. 곧 같은 일이 벌어졌다. 옆쪽도 마찬가지였다. 창문에서부터 가로로 책상 네 개, 세로로 책상 네 개, 총 열여섯 개 책상이 놓인 공간이 연우가 움직일 수 있는 범위였다. 투명한 막 같은 게 사방을 가로막고 있었다. 귀 아래쪽에서부터 편두통이 올라왔다.

"나 많이 아픈가?"

말해 놓고 보니 목덜미가 오싹했다. 타미플루를 먹고 환각 때문에 뛰어내린 아이 뉴스가 떠올랐다.

"창가로 가지 말아야지."

2층이니까 죽지는 않겠지만. 무심코 창문 쪽을 돌아보는데 이상한 게 눈에 들어왔다. 한번 알아채고 나니 이제까지 못 본 게 어이없을 만큼 눈에 띄었다. 천장형 에어컨 아래, 연우 키보다 조금 높은 곳에 주먹만 한 빨간 공이 떠 있었다. 손을 휘젓자 빨간 공은 손 모양을 따라 휘며 손등에 비쳤다.

"홀로그램?"

연우는 휴대전화를 꺼내 사진을 찍었다.

"찍히네."

환각치고 아주 구체적인 환각이었다.

"꿈이라기엔 너무 사실적이고."

혼자 중얼거리는데 매미 소리가 들렸다. 맴맴맴매해해해앰, 맴맴맴매해해해해애앰. 그리고 홀로그램 공 한가운데 글씨가 떠올랐다.

당신은 채집되었습니다.

헛웃음이 나왔다. 연우는 한숨 더 자야겠다고 생각했다. 잠이 올까 싶었는데 엎드리자마자 정신을 놓았다. 그러고 배가 고파 깼다. 여전히 교실은 텅 비어 있었고 연우는 혼자였다. 꾸르르르륵, 잠기운이 완전히 가시기도 전에 배에서 요란한 소리가 났다. 두세 끼 굶기라도 한 것처럼 배가 너무 고팠다.

"뭔가 이상한데."

멍한 머리로 한참 생각한 뒤에야 왜 이상한지 알아냈다. 교실 안이 너무 환했다. 연우 반은 오후가 되면 햇살이 거의 들어오지 않았다. 지금도 그랬다. 햇빛은 창틀에 고인 채 들어오지 못했다. 게다가 전등도 꺼져 있었다. 그런데 교실은 햇살이 쏟아지는 운동장처럼 환했다.

문득 기억이 떠올랐다. 투명한 막, 빨간 공, 채집.

오싹했다.

연우는 숨을 멈춘 채 고개를 들었다. 공 모양 홀로그램은 그 자리에 그대로 떠 있었다. 빨간 공이 투명한 공으로 바뀌었을 뿐이었다. 그때 홀로그램에 글자가 떴다.

먹이가 근처에 있습니다.

이번에는 웃지 못했다. 자리에서 일어나 삐걱삐걱 걸음을 내딛었지만 곧 멈춰 서야 했다. 앞뒤로 책상 네 개, 옆으로 네 개, 그 너머로는 갈 수 없다. 교실은 여전히 텅 비어 있었다.

긴장으로 입이 말랐다. 연우는 창 쪽을 보았다. 눈이 부셔서인지, 먼지 때문인지 창문 너머 운동장이 흐릿했다. 연우는 창가로 정신없이 걸어갔다. 타미플루 생각이 잠시 스쳤지만 계속 걸었다. 지금 당장 확인해야 했다. 운동장에서 뛰고 있는 반 아이들을, 해고니를.

창틀을 쥐는데 손바닥이 미끄러웠다. 자꾸 땀이 배어 나왔다. 연우는 바지에 손을 닦고 창문을 힘껏 열었다.

"시발."

척추가 얼어붙는 것 같았다. 창밖에는 파란 하늘과 운동장 대신, 새카만 공간에 커다란 지구가 떠 있었다. 밖으로 손을 뻗었다. 덜덜 떨리는 손은 투명한 막에 막혀 더는 나아가지 못했다. 토할 것 같았다. 맴맴맴매해해해앰. 뜬금없는 매미 소리. 잠이 쏟아졌다.

안정을 위해 의식을 통제합니다.

다시 깨어났을 때는 밀려드는 허기에 다른 생각을 할 수 없었다. 연우는 근처를 뒤지기 시작했다. 먹을 거, 먹을 거. 종이 가방 안에서 도시락을 찾아냈다. 뚜껑을 던지고 손으로 유부초밥을 허겁지겁 주워 먹었다. 목이 메어 가슴을 두드리다 책상 몇 개를 뒤집어엎은 뒤에야 겨우 물통을 찾았다. 배를 채우자 난장판이 된 주위가 눈에 들어왔다. 연우는 교실 바닥에 그대로 드러누웠다. 눈가가 후끈거렸다. 이마에 올린 팔뚝도 뜨듯했다. 아직 열이 나고 있었다.

연우는 약봉지를 찾아 들었다. 하지만 바로 먹지는 못했다.

"타미플루 때문일지 모르잖아."

열어 놓은 창 너머 하얀 구름에 휩싸인 푸르스름한 구체의 일부가 보였다.

"안 먹으면 괜찮아질지도 몰라."

연우는 약봉지를 내려놓았다. 그러고는 자리에 앉으려다 도로 섰다. 의자를 빼서 창문에 집어 던졌다. 유리가 부서지고 막에 튕겨 나온 의자가 이리저리 부딪히며 요란한 소리를 냈다. 책상이 쓰러지고 속에서 쏟아져 나온 잡동사니들이 사방에 흩어졌다. 나뒹구는 의자를 들고 딴 창문으로 다가갔다. 서너 번 거푸 내리치고 헐떡이는데 매미 소리가 귀를 찔렀다. 연우는 저항하지 못한 채 아무 데나 주저앉았다. 잠이 쏟아졌다.

강제로 잠들었다 깨어나기를 반복했다. 며칠이 지났는지 몇 주가 지났는지 알 수 없었다. 그사이 열은 내렸고 손톱 끝이 하얗게 자라났다.

'나 없어진 거 집에서는 알까?'

생각은 이내 흩어졌다. 모든 일이 멀게 느껴졌다. 영화를 보고 있는 것 같기도 했다. 걱정과 두려움이 놀랄 만큼 희미해졌다. 우황청심원을 한꺼번에 열 병쯤 먹은 것 같았다. 아니면 뇌에 무슨 칩이라도 들어갔거나.

연우는 섬뜩한 생각을 태연하게 떠올리며 책상에 걸린 종이 가방에서 도시락을 꺼냈다. 뚜껑을 열자 플라스틱 용기에 유부초밥이 가득 채워져 있었다. 벌써 몇 번을 먹어 치웠는지 모른다. 그러나 자고 일어나면 도시락은 감쪽같이 채워진 채 종이 가방 속에 들어 있다.

유부초밥을 입 안에 밀어 넣는데 밖에서 발소리, 웃는 소리, 욕소리가 뒤섞여서 다가왔다. 교실 문이 열리고 체육복을 입은 아이들이 들어왔다. 아이들은 문 안으로 쏟아져 들어와 자기 자리로 움직였다. 그러나 투명한 막에 닿으면 닿은 부분부터 싹둑 잘려 나갔다.

해고니가 흘러내린 머리카락을 돌돌 말아 정수리에 묶어 올리며 연우 쪽을 돌아보았다.

"우연우 어디 갔지?"

연우랑 눈이 마주치고도 연우를 찾았다. 고개를 갸웃거리자 잔머리가 이마에 흘러내렸다. 따라오던 나루가 두리번거렸다.

"조퇴한 거 아냐?"

"많이 아픈가? 말도 없이 가고."

해고니가 연우 쪽으로 다가왔다. 해고니 어깨가 투명한 막에 닿자 사라지기 시작한다. 나루가 해고니를 따라온다. 나루 역시 사라진다. 연우는 나루와 해고니 책상을 보았다. 두 사람 책상은 연우가 갇힌 막 안에 있었다. 그러나 해고니도 나루도 안으로 들어오지 못했다. 다른 아이들도 마찬가지였다. 저쪽에는 아이들이 들어차 있는데, 이쪽은 연우 혼자 덩그러니 앉아 있었다.

수업 종이 울리자 국어 선생님이 들어왔다. 아이들은 반은 졸고 반은 딴짓을 했다. 언제나 그렇듯이 수업 듣는 애는 두세 명이었다. 수업이 끝나자 가도 되는 애들은 갈 준비를 했다. 해고니랑 나루가 커튼 뒤에서 등장하는 배우처럼 막에서부터 솟아났다. 두 사람은 가방을 들고 걸어간다. 연우는 여느 때처럼 두 사람을 지켜보다 해고니와 눈이 마주치자 자기도 모르게 일어났다. 그러나 해고니는 아무것도 담기지 않은 눈으로 고개를 돌렸다.

"우연우, 메시지 안 보네."

"자나 보나봉가?"

나루가 까불거리며 해고니 어깨를 민다.

"가자, 가자. 버스 시간 다 됐어."

연우는 두 사람이 완전히 사라질 때까지 눈을 떼지 못했다.

자다 깨면 막 너머에서는 항상 똑같은 일이 벌어진다. 재방송 TV 프로그램은 중간 광고라도 바뀌는데 막 너머 장면은 완벽하게 같은 모습으로 재생된다.

그 모든 장면은 연우가 겪은 상황이 아니었다. 그렇다고 만들어낸 장면 같지도 않았다. 해고니는 완전히 해고니였고 나루도 완전히 나루였다. 애들의 모습과 행동은 진짜였다. 연우는 짐작했다. 자신이 사라진 뒤부터 어느 시점까지 벌어진 일을 저장했다가 반복해서 보여 주는 게 아닐까?

그렇다고 해도 뒤가 훤히 비치는 입체 영상 같은 게 아니었다. 바로 지금 실제로 일어나는 일 같았다. 빈 교실에 아이들이 들어오고 수업하고 야자하고 아이들이 떠나고 교실은 다시 텅 빈다. 연우는 그때마다 해고니가 자신만 남겨 두고 교실 밖으로 떠나는 모습을 지켜보아야 했다.

연우가 해고니를 처음 만난 건 중학교 2학년 때 급식실에서였다. 식판을 내려놓고 자리에 앉는데, 맞은편에 누가 있었다. 까만 머리카락이 촘촘하게 난 정수리, 이해곤의 첫인상이었다. 그 애는 고개를 숙인 채 휴대폰 화면을 들여다보고 있었다.

"야, 달아나."

그날 연우는 드물게 낯선 애한테 말을 걸었다. 그 애가 버펄로 떼 앞에서 얼쩡대고 있었기 때문이었다. 그러니까 해고니의 게임 캐릭터 윌슨이.

해고니는 '굶지마'라는 생존 게임을 하고 있었다. 그건 그 무렵 연우가 가장 열심히 하던 게임이었고 연우는 그 게임을 속속들이 알았다. 버펄로는 유용한 동물이었다. 똥은 땔감으로 쓰고 고기는 먹을 수 있었다. 버펄로만 찾으면 굶어 죽지 않을 수 있다. 그러나 버펄로는 봄이 되면 엉덩이가 빨개지면서 위험한 몬스터로 돌변한다. 그럴 때 다가갔다가는 십중팔구 공격당해 죽는다. 문제는 죽는 게 아니었다. 굶지마는 세이브가 안 되는 게임이다. 죽으면 끝이었다. 캐릭터가 죽으면 모든 기록이 날아가고 리셋. 처음부터 다시 해야 해서 자기도 모르게 나온 말이었다.

"버필로 발정기잖아."

오, 해고니는 짧게 감탄하며 캐릭터를 움직였다. 그게 시작이었다.

해고니는 볼 때마다 굶지마를 하고 있었다. 연우는 해고니가 게임하는 걸 보며 요리법이나 사냥법을 알려 주었다. 종종 시계 반대 방향으로 귀엽게 잡힌 가마를 물끄러미 보고 있기도 했다. 시간이 지날수록 목덜미와 빗장뼈가, 부드러워 보이는 팔이 눈에 들어왔다. 그때마다 손에 땀이 찼다.

연우는 한동안 자신이 큐브, 그러니까 투명한 막으로 막힌 정육면체 안에 갇혔다는 사실을 받아들이지 못했다. 채집이라니. 어쩌다 내가, 왜 하필 나를. 실험? 표본? 하나같이 끔찍한 시나리오였다.

처음에는 커터 칼을 들고 책상 밑에 숨어 있었다. 그러나 몇 번을 자고 깨도 아무도 나타나지 않고 아무 일도 일어나지 않았다. 잠들었을 때 무슨 일이 벌어지는지 모르지만 깨어나서 보면 옷도 그대로고 상처 같은 것도 없었다.

그러다 시도 때도 없이 숨이 가쁘고 몸이 벌벌 떨렸다. 속이 울렁거렸다. 멀쩡한 교실 천장과 벽이 금방이라도 자신을 향해 돌진

할 것 같았다. 가만히 앉아 있어도 짜부라질 것 같아 견딜 수가 없었다. 큐브에서 빠져나가려고 발버둥 쳤다. 휴대전화로 긴급 구조 신호를 백 번 넘게 보내고, GPS도 백 번 넘게 껐다 켰다 했다. 투명한 막을 커터 칼로 찌르고, 라이터 불로 지지고, 치약까지 발라 봤지만 상황은 바뀌지 않았다.

달라진 것은 연우였다. 불안과 공포로 공황에 빠지는 일이 신기하게 줄어들다 마침내 아무렇지도 않게 되었다. 처음에는 인간은 적응의 동물이니까 그런가 보다 했다. 고3이 되자마자 교실에 갇혀 있다시피 했으니까. 갇혀 있는 거라면 이골이 날 때도 되었으니까. 그러나 그때는 끝이 있었다. 쉬는 시간 종이 있고, 종례가 있고, 방학이 있고, 수능이 있다. 그래서 버텼다. 하지만 이 '채집'은 끝이 없었다. 언제 끝날지도, 어떤 끝인지도 몰랐다. 아마 공포 영화 엔딩 같은 끝이 기다리고 있겠지. 그런데 나는 어떻게 이렇게 멀쩡할까?

연우는 결론을 내렸다. 그들이 무슨 짓을 한 거라고. 그래서 감정이 왕창 깎여 나간 거라고. 이런 생각을 하면서도 '시발 좆 됐네'라고 중얼거리고 마는 게 그 증거라고. 어쨌든 공황에서 벗어난 연우는 자신이 알아낸 몇 가지 사실을 정리했다.

첫째, 자신이 갇힌 곳이 대략 27세제곱미터, 한 변이 3미터 정도 되는 정육면체 모양이라는 것. 책상 긴 면이 60센티인데 빈틈없이 붙여 보니 가로, 세로로 다섯 개를 나란히 놓을 수 있었다.

운동장 쪽은 창밖으로 한 뼘 채 되지 않는 곳에 투명한 막이 있다. 높이는 천장을 뜯어내고 30센티 자로 기어코 재어 봤다. 큐브의 면은 탄성 있는 투명한 막으로 이루어져 있는데 연우 능력으로는 무슨 짓을 해도 뚫을 수 없었다.

둘째, 창문을 열면 지구가 보인다. 강줄기가 보일 만큼 크고 또렷하게. 큐브 밖 교실 풍경처럼 재생되는 건지 진짜 지구인지는 알 수 없지만, 창밖으로 보이는 걸로만 치자면 자신을 실은 무엇인가는 같은 궤도로 지구를 돌고 있는 것 같았다.

셋째, 휴대전화 신호가 잡히지 않는다. 메시지도 들어오지 않고, 인터넷도 연결되지 않았다.

넷째, 큐브 한가운데 떠 있는 빨간 공은 게임에나 나올 것 같은 물건이다. 공은 물체가 아닌 홀로그램 비슷한 것으로 연우가 깨어날 때는 투명하다가 시간이 지날수록 모래시계처럼 아래에서부터 빨갛게 차오른다. 가끔 매미 소리를 낸 다음 메시지를 보여주는데 내용은 넌 채집되었다, 근처에 먹을 게 있다, 의식을 통제할 거다, 세 종류뿐이었다. 그리고 공이 완전히 빨갛게 채워지면 큐브 안팎의 모든 것들이 처음으로 돌아왔다. 연우 자신만 빼고.

리셋. 연우는 그 현상을 그렇게 불렀다. 자신에게 벌어진 모든 일이 도무지 이해되지 않았지만, 그중에서도 리셋은 어떻게 가능한지 감도 안 왔다. 영화에서 보면 입자가 흩어지면서 재조립되는 장면 같은 게 나오는데, 그런 일은 벌어지지 않았다. 그냥 공이 빨갖게 되면 연우는 잠들었고 일어나 보면 모든 것이 처음으로 돌아갔다. 발로 차 넘어뜨린 책상도, 열어 둔 창문도, 깨진 유리도, 다 먹어 치운 도시락도, 휴대전화 배터리와 날짜까지 감쪽같이.

연우는 가지런히 놓인 유부초밥 하나를 집어 들고 되뇌었다. 이건 아주 맛있는 유부초밥이야. 햄도 들어 있고 새우도 들어 있고. 고모가 만든 유부초밥보다 훨씬 맛있지. 학교 급식 따위에 비할 바가 아니야. 그러나 눈 뜨면 유부초밥, 유부초밥, 유부초밥, 이제 지겨웠다. 물론 이나마도 없었으면 굶어 죽었을 테지만.

"그래도 굶지마보다는 나은가?"

해고니랑 연우는 고등학교 1학년 때까지 굶지마를 했다. 그러고 보니 굶지마 속 주인공과 연우는 지금 비슷하다면 비슷한 처지였다. 주인공은 정신을 잃은 채 낯선 세계에 홀로 떨어진다. 검은 옷을 입은 남자가 나타나 말한다. '밤이 오기 전에 먹을 걸 찾는 게 좋을 거야.' 실패하면 주인공은 굶어 죽었다. 해고니의 캐릭터 윌슨은 열 번 넘게 죽었다. 연우의 캐릭터 칠팔이도 서너 번은 죽었다. 둘 다 다쳐서 죽은 적은 없었다. 윌슨과 칠팔이는 먹을 게 떨어져 굶어 죽거나, 불을 피우지 못해 죽었다. 그때마다 두 사람은 게임을 처음부터 다시 시작해야 했다. 살아남으려면 다시 집터를 정하고, 불을 피우고, 사냥을 해야 했다. 할 일이 너무 많았다.

연우는 유부초밥을 입 안에 밀어 넣었다. 막 너머에서 반장이

기출 문제집을 꺼냈다. 연우도 미적 기출 모의고사를 펼쳤다. 풀어야 할 문제는 언제나 충분했다. 자고 나면 기껏 풀어 놓은 바닥이 새것처럼 깨끗해졌으니까. 반장 등을 보며 $\frac{d}{dx}$, $\Sigma f(x)$ 같은 걸 써 내려가다 보면 진짜 야자 시간으로 돌아간 것 같았다. 창을 열면 보이는 지구만 아니라면.

저게 진짜 지구라면 해고니도 저기 어디 있겠지. 그러나 눈이 빠지게 보았지만 강원도 고성은커녕 한국도 찾지 못했다. 의외로 지구를 한 바퀴 도는 데 걸리는 시간은 짧았다. 파도가 이는 해안에서 빙하를 지나 빛나는 밤 도시를 지나 다시 똑같은 모양의 해안으로 돌아오기까지 세 시간 남짓이었다. 부산까지 차로 다섯 시간을 갔던 일이 떠오르자 공간 감각이 뒤죽박죽되었다. 연우는 공이 완전히 빨갛게 되기 전에 의자에서 방석을 모아 바닥에 깔았다. 잠시 후 매미 소리가 들렸다.

채집된 뒤 딱 한 번 꿈을 꾸었다. 악몽이었다. 자장면을 먹으려는데 속에서 무언가 구물거린다. 돼지고기 조각인 줄 알았는데 자장을 뒤집어쓴 하리보젤리다. 젤리들은 그릇 밖으로 좀비처럼 기어 나와 냅킨에 몸을 닦는다. 어느새 실험복까지 갖춰 입고 동그랗게 둘러앉아 무언가를 펼친다. 갑자기 배경이 파도치는 해변에서 우주로 바뀐다. 젤리들이 큐브의 설계도를 놓고 회의를 한다. 먹이는요? 다 다른 걸 먹을 텐데 어떻게 하지요? 그냥 채집하자마자 냉동하는 게 좋지 않을까요? 그것보다 박제는 어떻습니까? 아니 그래서야 생태를 알 수 없지 않습니까? 그럼 어쩌자는 거요? 나한테 좋은 생각이 있습니다. 먹이까지 같이 채집하면 어떻겠습니까? 먹이도 리셋될 테니 따로 준비할 필요도 없고. 역시, 채집청장이십니다. 그럼 다음 항목으로 넘어가지요. 알람은 결정했나요? 예, 서식지에서 얻은 소리 가운데 음량이 가장 큰 소리를 쓰기로 했습니다. 영리한 선택입니다. 서식지와 유사한 환경 설정은 필요할까요? 갑작스러운 환경 변화를 견디지 못하는 개체도 있을 텐데요. 채집 당시 환경을 재생하는 건 어떻겠습니까? 신경안정제도 같이 처방하면 적당히 버텨 내지 않을까요? 좋습니다. 젤리들이 입 모아 대답했다. 다시 장면이 바뀐다. 젤리들이 머리를 맞대고 모니터 하나를 들여다보고 있었다. 이번엔 저 개체를 채집할까요? 좋습니다. 건강하고 아름다운 개체로군요. 의견을 모은 젤리들이 흩어지자 모니터가 드러났다. 화면에 운동장을 달리고 있는 해고니 모습이 떠오른다.

연우는 식은땀을 흘리며 잠에서 깼다.

연우와 해고니가 학교 밖에서 처음 만난 곳은 편의점이었다. 연우 아버지는 배를 탔고 해고니 어머니는 연구원이었다. 둘 다 늘 배가 고팠고, 중국집 두 개가 거의 유일한 식당인 바닷가 민박촌에서 간단히 배를 채우기엔 편의점만 한 곳이 없었다.

해고니 앞에는 빈 컵라면 그릇이 놓여 있었다. 휴대전화 화면에 도끼도 없이 부싯돌과 잔가지를 줍는 윌슨이 보였다. 연우는 세 가지 고기 도시락을 해고니 옆에 내려놓았다.

"윌슨 또 죽었어?"

"왜 그래, 이 게임 안 해 본 사람처럼."

"난 이번에 죽으면 굶지마 접을 거야."

"독하네, 우연우. 불쌍한 칠팔이."

"독하긴, 내가 같은 짓을 몇 번이나 다시 했는데."

해고니는 연우가 도시락을 다 먹을 때까지 마주 앉아 게임을 했다. 연우는 해고니를 바래다주고 바닷가를 걸어 집으로 돌아갔다. 그날따라 바람이 셌다. 모래가 날려 살갗이 따끔거리고 파도 소리에 귀가 얼얼했다. 그래도 빈집에 들어가는 게 내키지 않아 벤치에 앉아 굶지마를 켰다. 윌슨이 사라진 빛바랜 가을 들판에 칠팔이가 혼자 서 있었다. 연우는 게임을 껐다.

굶지마를 먼저 그만둔 건 해고니였다. 고등학생이 되고 얼마 지나지 않아 해고니는 게임을 접었다. 그리고 2학년 봄방학이 되자 공부마저 접었다.

"난 프로 서퍼가 될 거야."

해고니가 마을 정보센터 앞 해수욕장 정자에서 메로나를 자유의 여신상처럼 들고 말했다. 연우는 뭐라 대꾸해야 할지 알 수 없었다. 연두색 메로나와 불그스름하게 언 해고니 손가락 사이를 갈팡질팡하며 할 말을 골랐다. 그때까지 연우는 해고니도 당연히 대학에 갈 줄 알았다. 심지어 함께 대학 생활을 할 거라고 막연하게 믿고 있었다.

해고니가 메로나를 한 입 베어 물고는 연우의 눈을 들여다보았다. 속이 다 읽히는 것 같았지만 연우는 자신을 향한 그 눈이 좋아서 쭈뼛거리면서도 가만히 있었다.

"주말엔 서프샵에서 알바하려고."

해고니가 다시 말했다. 연우는 겨우 입을 열었다.

"고등학생도 받아 준대?"

"그때 말한 양양에 있는 서프샵, 거기 프로 서퍼가 이모 친구라고 했잖아."

지난여름 흥분해서 이야기하던 모습이 떠올랐다.

"아줌마는, 대학 안 가도 된대?"

"우리 엄마 공부 싫어하잖아."

해고니 엄마는 공부하지 말고 기술 배우라는 말을 입에 달고 산다고 했다.

"하긴."

"연우 넌 대학 갈 거지?"

"붙어야 가지."

"기계공학과?"

"응, 뭐."

연우는 그때까지도 자신이 해고니를 좋아한다는 걸 몰랐다. 넌 할 수 있을 거야, 잘될 거야같이 입에 발린 소리를 하지 않는 점이 좋았다. 이마 위에 삐친 잔머리가 한 올 한 올 깜찍했다. 손톱이 도토리처럼 동글동글한 것도 귀여웠다. 해고니의 좋은 점을 매번 발견하고 감탄했다. 그러나 그 감탄이 어디서 그렇게 끝없이 솟아나는지 알지 못했다.

연우가 자기 마음을 자각하지 못하고 있는 동안 해고니는 연우만 남겨 두고 교실 밖으로 나갔다. 그래도 인문계라 대학 가겠다는 애들이 더 많았는데, 해고니는 하필 그 몇 안 되는 나머지가 되어 연우에게서 부지런히 멀어져 갔다. 그건 조금 억울한 일이었다. 확률적으로도, 사람이 몰리는 길로 가는 편이 동행할 가능성이 크지 않은가?

한때 누구보다도 가까이 있던 사람이 어느샌가 훌쩍 멀어진 것을 깨달았지만, 연우는 다시 데려다 놓을 방법을 알지 못했다. 두 사람의 관계는 물체도 아니면서 물체처럼 한번 움직이기 시작하자 멈출 줄 모르고 내달았다. 점점 멀어지는 방향으로.

연우가 자기 마음을 깨달은 건 둘 사이에 나루가 끼어든 뒤였다.

"지겨워."

연우는 문제집을 덮고 일어났다.

"어젠 둘째 줄까지였으니까."

세 번째 줄로 가서 책상 안에 손을 넣었다. 잠시 망설였지만 아무렴 어떤가 싶었다. 희미해진 것은 걱정과 두려움만이 아니었다. 시간은 더디 갔고 큐브 안에서 할 수 있는 일은 별로 없었다. 한동안은 창문을 열어 놓고 지구 구경을 했다. 하지만 같은 궤도를 열서너 바퀴쯤 돌자 그것도 지루해졌다. 그래서 책상을 뒤지기 시작했다.

큐브에서 나가기 위해 교실을 뒤집어엎은 적이 있었다. 하지만 그때는 쓸 만한 걸 찾는 데 온 정신이 팔려 있었다. 쑤셔 박아 둔 시험지, 찢어진 프린트, 문제집, 물티슈, 머리카락이 엉킨 헤어롤, 다 녹은 초콜릿, 커피믹스, 흘러내린 틴트, 뜯지 않은 콘돔, 자리 주인과 물건을 짝지을 때 아주 약간 감정이 일어났다.

세 번째 줄에는 유부초밥 자리가 있었다. 지금까지 중에 가장 기대가 되었다.

"수확이 저조하네."

왼쪽 책상은 비었고, 오른쪽 유부초밥 자리는 앞뒤 표지가 다 떨어져 나간 수학책 한 권이 덜렁 들어 있었다. 책을 펼치자 풀이 칸이 다 빈칸이었다. 가끔 알아볼 수 없는 그림과 소금 한 큰술, 마늘, 고추 어쩌고 하는 글자가 적혀 있기도 했다. 책장을 몇 장 넘기다 덮으려는데 우스꽝스러운 그림이 눈에 들어왔다. 교과서에 나오는 그림을 남녀 캐릭터가 키스하는 모습으로 바꿔 놓은 그림이었다. 파란색 어설픈 선이 지저분하게 덧그려져 있었고, 여자 캐릭터에는 말풍선이 붙어 있었다.

*조나루, 최고야.*

"중딩 새끼."

연우는 수학책을 패대기쳤다. 유부초밥 자리가 나루 자리였을 줄이야.

딱 한 번 나루가 연우를 따로 불러낸 적이 있었다.

"야, 먹고 싶은 거 먹어."

편의점으로 데려가 뜬금없이 자기가 쏠 테니 뭐든 먹으라고 했다.

"왜?"

고등학교 2학년 1학기가 막 시작된 때였다. 녀석이랑 연우는 같은 반이라 말은 섞고 지내는 사이였다. 연우가 녀석에 대해 아는 거라고는 넉살 좋고 공부랑은 담쌓은 애라는 것 정도였고.

"뭐래? 할 말 있음 그냥 해."

연우가 가만 서 있자 나루는 연우를 편의점 의자에 끌어 앉히고는 아이스크림, 소시지, 삼각김밥, 컵라면 따위를 우르르 쓸어와 포장을 죄 뜯어 연우 앞에 펼쳐 놓았다. 연우는 그때나 지금이나 돌아서면 배가 고팠고, 두 번 생각할 것 없이 따끈따끈 김이 올라오는 라면부터 입 안에 밀어 넣었다. 라면을 두 젓가락쯤 먹어 치웠을 때 녀석이 말했다.

"나, 양양에서 이해곤 봤다."

녀석은 연우에게 휴대전화를 들이밀었다. 보드를 든 해고니와 방정맞은 표정으로 손가락 하트를 만든 나루가 한 화면에 서 있었다. 녀석이 들뜬 목소리로 말했다.

"이해곤 서핑하는 거……. 진짜, 완전, 엄청 근사하더라!"

흥분으로 초점이 나간 눈을 보고 있자니 입맛이 뚝 떨어졌다. 연우는 어쩐지 재수가 없어 녀석 코를 납작하게 해 주고 싶었다. 그때는 그래서 그런 줄 알았다.

"걔 프로 서퍼가 꿈이야."

"오오!"

녀석은 순수하게 감탄했다. 하지만 곧 표정이 어두워지는가 싶더니, 묻지도 않은 말을 줄줄 늘어놓았다. 자기 집은 횟집을 하고 자기는 그 횟집을 물려받을 거고 그래서 대학은 관심 없었는데 호텔조리학과라도 가야겠다는 생각이 든다고 했다. 연우는 그게 해고니랑 무슨 관계가 있는 건지, 아니면 나루가 아예 딴 이야기를 시작한 건지 감을 잡지 못했다.

"야, 우연우, 너 이해곤하고 친하지? 나 좀 도와주라."

"뭘?"

"나 이해곤한테 반했다."

녀석은 어울리지 않게 얼굴을 붉혔다.

"걔한테 어울리는 사람이 되고 싶어."

입가가 뻣뻣하게 굳었다. 애써 코웃음을 쳤지만 표정을 유지할 수가 없었다.

"너 하는 거 봐서."

연우는 겨우 한마디 뱉어 내고는 달아나듯 그 자리를 떴다.

나루는 바로 요리 학원에 등록했고 대놓고 해고니를 쫓아다니기 시작했다.

책상이 바뀐 걸까?

"조나루, 앞줄 아니었나?"

아니면 나루 자리 따위 신경 쓰고 싶지 않았는지도 모른다.

연우는 유부초밥이 든 가방을 책상 위에 올려놓았다. 회색 바탕에 분홍 땡땡이가 찍힌 새것 같은 종이 가방이었다. 자기가 먹으려고 싸 온 것 같지는 않았다. 그렇다면 도시락 주인이 누구일지는 뻔했다. 연우는 도시락을 꺼낸 다음 전투적으로 먹어 치웠다. 모양까지 그럴듯해서 더 열받았다. 재수 없는 자식. 유부초밥이 해고니 손에 들어가기 전에 채집되어 다행이라고, 심하게 맛이 간 생각도 했다. 도시락을 싹 비우고 꼴 보기 싫은 종이 가방을 구기는데, 무언가 뻣뻣한 게 느껴졌다. 가방을 헤집자 접힌 틈 속에서 하트 스티커가 붙은 손바닥만 한 봉투가 나왔다.

"헐."

스티커를 떼어 내고 봉투를 열었다. 인어가 그려진 카드가 나왔다.

*이거 싸다가 엄마한테 등짝 맞았다. 아들 키워 봤자 소용없다고. 그러니까 꼭 다 먹어. 먹고 나서 고백한 거, 대답해 주라. -나루*

고백이라니. 연우는 벌떡 일어나 해고니 책상으로 갔다. 나루가 보낸 다른 카드가 있지 않을까? 해고니가 쓴 답장이 있지 않을까? 책상 속에서 나온 서핑 책을 보자 정신이 번쩍 들었다. 다른 애 책상은 다 뒤져도 해고니 책상은 건드리지 않았다. 그 애 속은 뒤지고 싶지 않았으니까.

연우는 서핑 책을 도로 책상 안에 넣었다. 그런데 갑자기 파도 타는 사진이 보고 싶어졌다. 의자에 제대로 앉아 다시 책을 꺼내 펼쳤다. 멍하니 서핑 사진을 들여다보다 책장을 넘겼다. 그렇게 몇 장을 넘기다 손이 멈추었다. 종이 밖으로 넘쳐 날 듯 출렁이는 물과 빨간 보드와 그 위에 누워 팔을 젓는 서퍼의, 햇살에 찡그린 미간과 동그란 이마에 달라붙은 젖은 머리카락을 보았다. 해고니와 닮은 새카맣고 숱 많은 머리카락을. 연우는 사진에서 눈을 뗄 수가 없었다.

혼자 교실에 남아 있던 체육 시간이 아니라, 해고니랑 굶지마를 하던 편의점에서, 해고니가 자유의 여신상처럼 서 있던 바닷가에서 채집당했다면 어땠을까? 해고니와 같이 있던 그 순간이 되풀이된다면 무언가 달라졌을까? 아니, 그래 봤자 달라지는 건 없을 거다. 혼자 큐브 안에 갇혀 있다면 어떤 순간이 되풀이된다 해도 아무것도 할 수 없는 건 마찬가지다.

"차라리 굶지마가 낫지."

말하고 보니 정말 그런 것 같았다. 어차피 이상한 곳에 떨어질 거라면, 매번 리셋되는 거라면, 굶지마가 낫지 않을까? 허깨비 같은 장면을 홀로 지켜보기만 하는 것보다는 굶어 죽거나 얼어 죽더라도 무언가를 할 수 있는 편이 낫지 않을까?

아마 처음은 같을 거다. 나란히 멀어지는 나루와 해고니를 보고만 있을지도 모른다. 그러나 세 번 반복되고 네 번 반복되는 동안, 나루의 고백을 받아들일 거냐고 물을 수 있을지도 모른다. 그리고 언제가 될지 몰라도 언젠가는 자신의 마음을 털어놓을 수도 있지 않을까? 몇 번을 죽어도 아무리 바보 같은 짓을 반복해도 포기하지 않을 것 같았다.

문득 이질적인 노란색이 눈에 들어왔다. 사진 배경에 자리 잡은 커다란 흰 구름 뒤로 노란 종이가 비쳤다. 손 글씨가 적힌 종이였다.

답장인가? 연우는 섣부르게 넘겨짚고선 자기가 떠올린 생각에 기운이 쭉 빠졌다. 다급하게 책장을 넘겼다. 손이 떨려 몇 번 만에 겨우 뒷장을 펼쳤다. 포스트잇 한 장이 붙어 있었다. 획이 오른쪽 아래로 처진 게 해고니 글씨였다. '이조해나곤루'라고 적힌 글자 아래 선이 쐐기 모양으로 층층이 그어져 있고, 글자마다 숫자가 적혀 있었다. 한참 유행하던 이름 궁합이었다.

'이조해나곤루'는 이해곤과 조나루다. 연우는 포스트잇을 떼어 구겨 버리려다 멈칫했다. 76퍼센트. 연우는 비웃었다.

"뭐냐."

76이란 숫자가 만만해 보였다. 포스트잇을 뒤집어 '이우해연곤우'라고 써넣었다. 그러고는 글자마다 획을 세어 일의 자리 숫자 하나만 썼다. 2, 3, 6, 6, 6, 3. 이걸 더해 또 일의 자리 숫자만 쓴다. 5, 9, 2, 2, 9. 어쩐지 불길했다. 그만둘까? 하지만 손은 어느새 다음 줄을 쓰고 있었다. 4, 1, 4, 1. 나루보다 안 좋으면 어떡하지? 5, 5, 5. 연우는 마지막 줄을 계산했다. 샤프 끝이 움직였다. 0, 0.

"0?"

숫자는 연우와 해고니 사이를 이렇게 판정했다. 0퍼센트. 연우는 계산을 다시 했다. 그러고 한 번 더 하는데 갑자기 눈이 흐렸다. 툭. 포스트잇이 젖고 글자가 번졌다. 나 왜 질질 짜지? 좀 실망하고 짜증 난 것뿐인데.

연우는 포스트잇을 있던 자리에 붙이고 서핑 책을 덮었다. 이상하게 피곤했다. 책을 넣고 일어나 눈에 띄는 방석 몇 개를 바닥에 던졌다. 그러고는 대충 몸을 누이는데 휴대전화가 떨렸다. 지금은 아무 쓸모없는 알람이었다. 그냥 밀어 지우려는데 손이 미끄러졌다.

*해고니 생일*

알람 화면이 켜지며 보드를 세워 든 해고니가 액정에 나타났다. 손가락 하트만 남기고 옆 사람이 잘려 나간 사진이었다.

"보고 싶다."

의식하기도 전에 소리가 나왔다.

"이해곤."

툭. 액정 위로 물방울이 떨어졌다. 해고니 얼굴이 이지러졌다. 액정을 닦아 내었지만 물방울은 다시 떨어졌다. 갑자기 배 속이 따끔거리는가 싶더니, 기절하게 아파 왔다. 선인장이 배 속에서 굴러다니는 것 같았다. 연우는 방석 위에 모로 누워 새우처럼 몸을 말았다. 뺨을 타고 내려온 물이 자꾸만 귓속으로 흘러 들어가 귀가 먹먹했다. 이건 생리적인 눈물일까? 슬퍼서가 아니라 아파서 나오는.

그때 익숙한 소리가 들렸다.

맴맴맴매해해해앰. 맴맴맴매해해해앰.

연우는 그 소리가 반가웠다. 채집된 뒤 가장 많이 본 메시지가 자동으로 떠올랐다. '안정을 위해 의식을 통제합니다.' 서서히 사위가 어두워졌다. 곧 잠이 쏟아지고 고통도 멀어질 것이다. 하지만 이상하게도 여느 때와 달리 정신은 또렷하기만 했다. 연우는 식은땀을 흘리며 여전히 매미 소리를 내고 있는 홀로그램 공을 올려다보았다. 처음 보는 메시지 같은데, 눈앞이 어룽거려 글자가 한 번에 들어오지 않았다.

상태 이상으……로 조사 종료……

……서식지로 돌아갑니다.

빨갛게 빛나던 공이 흐려졌다.

조사에…… 응해 주셔서…… 감사합니다.

매미 소리가 멈추었다.

문 이 소 … 봉지 기사와 대걸레 마녀의
황홀한 우울경

누더기 여사가 죽었다.

두 아들도 엄마를 따라갔다. 젖을 입에 문 채, 스물한 시간이라는 짧은 생을 마감했다. 허나 슬퍼할 겨를이 없다. 홀로 남은 막내를 지킬 방도를 찾아야 한다. 누더기 여사의 체취가 남은 이불을 찢어 막내를 감싸 리어카 아래로 옮겼다. 막내는 엄마를 찾으며 서럽게 울었다. 나머지 이불로 여사와 아들들의 시신이 훼손되지 않도록 덮어 주차장의 가장 구석진 곳으로 옮겼다. 날이 흐려 충전을 못 한 상태라 몸이 자꾸 멈춘다.

시신을 갈무리하자마자 완전히 방전되어 주저앉았다. 손가락 하나도 움직여지지 않는다. 새벽 01시 19분, 해가 뜨려면 다섯 시간은 지나야 하는데. 막내가 울음을 그치지 않는다. 누가 해코지하러 오진 않겠지. 리어카 때문에 밖에선 보이지 않을 거야.

철커덩, 끼이이익! 둔탁한 금속성 소리. 주차장 입구로 기다란 그림자가 보인다. 대걸레 마녀! 마녀는 주차장에 들어와 리어카 주변을 기웃거리더니 막내를 감싼 이불을 집어 들었다. 안 돼, 하지 마! 목소리가 나오질 않는다.

마녀는 막내를 데리고 사라졌다.

대걸레 마녀의 집은 봉제산 폐쇄된 길 끝에 외따로 있다. 검붉은 벽돌로 된 4층 건물인데 폭이 좁아서 층마다 방 한 칸 겨우 있을 듯 보인다. 지어진 지는 30년도 넘었을 것 같다. 건물과 기우뚱한 시멘트 담벼락 사이엔 차양이 쳐져 있는데 그곳이 바로 주차장이다. 차 대신 바퀴 빠진 리어카와 깨진 항아리, 고무 대야와 빈 페인트 통 같은 게 쌓여 있다. 대문짝만한 출입 금지 표지판과 녹슨 체인이 달린 러버콘까지 있으니 사람은 얼씬도 않는다. 주차장 쪽 건물 벽면엔 길쭉한 화단이 붙어 있다. 거기서 자란 담쟁이가 벽면 하나를 몽땅 차지했다. 바람이 불면 수만 개의 이파리가 펄렁거리며 쏴아아— 소리를 낸다. 누더기 여사는 그 소리를 참 좋아했다. 구석에서 가만히 듣고 있으면 제법 운치가 있었다.

마녀는 혼자 지냈다. 찾아오는 이는 택배 기사뿐, 외출이라곤 3일에 한 번 새벽에 나와 쓰레기를 잔뜩 내놓고 들어가는 게 전부였다. 나올 때마다 꼭 대걸레를 들고 나와서 누더기 여사가 '대걸레 마녀'라고 불렀다.

누더기 여사는 대걸레 마녀에게 집주인에 대한 예를 다했다. 외로움에 몸부림칠 때도 밤엔 절대 노래하지 않았다. 봉제산에서 내려오는 들쥐나 지네가 마녀의 집에 얼씬도 못 하게 막았다. 바퀴벌레도 퇴치 대상이었다. 이 아늑한 주차장에서 누구 눈치 안 보고 편안하게 해산할 수 있으니 이 정도는 해야 한다는 게 여사의 생각이었다. 난 인간이란 본디 달면 삼키고 쓰면 뱉는 간사한 존재이며, 자기보다 약한 것에는 무한히 잔혹하게 구는 존재임을 증언했다. 배신과 망덕은 인간종의 특성 아닌가. 하지만 여사는 한때 나의 주인이었던 인간이 대걸레 마녀는 아니지 않냐며, 모든 인간을 똑같이 생각해선 안 된다고 했다.

여사는 생의 마지막 날까지 대걸레 마녀에게 성의를 표했다. 그런데 대걸레 마녀는 누더기 여사의 신의를 처참하게 뭉개 버린 거다. 내 반드시 누더기 여사의 유일한 혈육을 구출하고 대걸레 마녀에게 복수하리라.

08시 10분, 충전율 76%. 이 정도면 충분하다. 랜선은 건물 옥상에서 내려오고 있었다. 랜선을 끊는 건 여사와 친분이 있던 집비둘기에게 부탁했다. 사정을 듣자 집비둘기는 패거리를 잔뜩 데려와 물고 쪼며 작업했다. 랜선 하나가 끊어져 떨어졌다. 만세! 집비둘기들은 날아가지 않고 옥상 난간에 도열해 앉아 날 응원했다. 나는 건물 주변을 돌아다니며 방해 전파를 쏴 무선 통신망에 간섭했다. 지금쯤이면 대걸레 마녀가 인터넷이 안 되는 걸 알았을 것이다. 고장 신고를 해야 하니 10분쯤 멈췄다가 쏘고 다시 멈추길 3회 반복. 내가 이렇게나 용의주도하다. 09시 40분, 대문의 벨을 눌렀다. 딩동, 딩동, 딩동! 나와, 빨리 나오라고!

철커덩.

"누구……?"

한 뼘도 채 안 되게 열린 문틈으로 갈라지고 새된 목소리가 나온다. 이마에 오도도도 뾰루지가 난 10대 여자, 대걸레 마녀. 이렇게 가까이서 보는 건 처음이다. 옥수수수염처럼 허옇게 탈색한 머리카락 때문에 더 마녀처럼 보인다. 눈을 가늘게 뜨고 대걸레를 꽉 움켜쥐고 있다. 여차하면 휘두를 폼이다. 마녀의 환심을 얻어야 하니 음색은 '우아하고 점잖은 물소 톤'으로. 자, 간다.

"인터넷 고치러 왔습니다. 고장 접수하셨지요?"

어라, 왜 '나 홀로 명랑한 꾀꼬리 톤'이 나오지? 아…… 맞다, 나 인간 음색은 하나밖에 없지. 주인새가 지 취향에 안 맞는 목소리는 몽땅 삭제했잖아. 독립한 후 인간 음색을 한 번도 안 썼더니 잊고 있었다. 마녀는 뚱한 얼굴로 날 바라본다.

"신고하자마자 왔다고? 심지어 토……끼가?"

"네, 고객님. 저는 토끼 로봇입니다. 고객 취향을 고려하여 디자인된 최신형 수리 전문 로봇 기사랍니다."

"……그런데?"

역시 마녀군. 호락호락하지가 않아.

"고객님, 인터넷이 되게 하려면 제가 고객님 집으로 들어가서 모뎀이랑 이것저것을 좀 체크해야 합니다."

"싫은데."

"……네?"

"당신처럼 팬톤 놈들이 정한 색을 칠하고 돌아다니는 로봇을 내 집에 들일 순 없어. 그것도 리빙코럴이라니, 어쩌자고 세상이 이렇게 돌아가는 거야."

그냥 마녀가 아니고 미친 마녀였구나. 지 꼬라지는 안 보고 사나? 머리털은 허옇고 옷은 시커멓고 입술은 시뻘겋고. 쥐 내장을 파먹었냐, 한마디 하고 싶었지만 꾹 눌러 참았다. 이 집구석 어디에선가 울고 있을 막내를 생각해야 해.

"고객님, 이래 봬도 제가 저희 사무실 에이스랍니다. 맡겨 주세요."

"코럴은 눈이 너무 아픈데. 게다가 봉지라니……."

"뭐……요?"

"기사님 꼭 비닐봉지로 만든 것처럼 생겼잖아."

"봉……지? 봉지라니요! 이건 인체 무독성, 친환경성, 항오염성을 자랑하는 특수 실리콘 나노 소재로 제작된 외피입니다. 무한에 가까운 내후성과 신축성, 압축저항성 등을 두루 갖춘 고가의 첨단 소재라고요."

"알았어, 비싸고 튼튼한 비닐 '봉지' 기사님. 금속 로봇이 아니라 특이하긴 하네. 아무튼 제대로 고칠 수 있다는 거지? 10분 안에 끝내."

고개를 끄덕이자 마녀가 문을 연다. 가까이서 보니 덩치가 굉장히 크다. 170센티에 70킬로는 나갈 것 같은데. 난 121센티에 18킬로……. 육박전은 피해야겠군.

건물 안은 깊고 어두운 파란색이다. 빛이 들지 않는 깊은 바닷속처럼 바닥도 벽도 천장도 계단도 모두 비슷비슷한 검푸른 색이다. 전등도 흐릿한데 창문마다 암막 블라인드를 쳐서 햇빛이 거의 안 들어온다. 이래선 태양광 충전이 불가능하다. 최대한 빨리 막내를 찾아 탈출해야 한다.

"고객님, 모뎀은 어디에 있나요?"

마녀는 턱짓으로 바닥을 가리킨다. 지하에 있다고? 내가 멀거니 서 있자 마녀는 대걸레 봉을 바닥에 탕탕, 두드린다. 대걸레에서 퍼런 물방울이 투둑, 떨어진다. 얘는 꼭 대걸레 봉을 아래로 오게 하고 다니더라.

"발, 닦으라고."

"그 대걸레에다요?"

"뭐래, 옆에 걸레 있잖아."

마녀는 다시 턱짓으로 내 발보다 훨씬, 훠얼씬 더럽고 형체를 알아볼 수 없는 천 쪼가리를 가리킨다. 참자, 참아야 한다. 인간의 개똥 같은 기분을 맞춰 주는 게 내 특기잖아. 지금은 저 마녀의 비위를 맞춰 주자. 걸레에 발바닥을 박박 문질렀다. 마녀의 입꼬리가 살짝 올라간다.

"지금 손님이 있어서 그래."

"이해합니다. 위생은 중요하지요. 고객님, 인터넷은 어떻게 안 됩니까?"

"그게…… 그러니까, 층마다 다, 그냥 먹통이 돼 버렸어."

대걸레 마녀가 컴맹인 건 확실하다. 다행이군.

"그럼 한 층씩 확인하겠습니다."

"그런데 정말 인터넷 수리 기사 맞아? 공구나 장비 같은 건 어딨어?"

난 양손을 펼쳐 오른손 검지를 열고 만능 드라이버를, 왼손 검지를 열어 만능 가위를 보여 줬다. 오, 마녀가 작게 감탄한다. 움직여 보라고 하기 전에 얼른 집어넣었다. 고장 나서 안 움직이는데 티 안 났겠지?

"통신 단자함은 어디에 있습니까?"

"오래된 집이라 그런 거 없어. 인터넷 선은 옥상에서 창문으로 들어와."

"예상했…… 어흠 흠, 그렇군요. 일단 모뎀부터 확인하겠습니다."

"저기."

마녀는 2층으로 올라가는 계단참을 가리킨다. 족히 10년은 된 모뎀이 힘겹게 초록 불을 깜빡이고 있다. 할머니 모뎀, 미안해. 막내 찾을 때까지만 참아 줘. 그런데 아뿔싸, 키가 안 닿는다! 쓸모없는 몸뚱이, 왜 이렇게 짤막하고 통통하담. 키가 안 닿아 낑낑

거리자 마녀는 불퉁대며 의자 하나를 가져다 놓는다. 난 의자에 올라 모뎀의 선을 뺐다 꽂았다 하며 수리하는 척했다. 마녀는 잠자코 지켜보다가 입술을 물어뜯기 시작한다. 다리를 떨며 팔짱을 꼈다 풀었다 반복하고. 지루하지? 더 지루하게 만들어 주마.

"고객님, 이건 분해해서 봐야겠어요. 아무래도 시간이 좀 걸리겠는데요."

"아…… 그럼, 난 위에 좀. 시간이 다 돼서."

마녀는 허둥지둥 계단을 오른다. 타다다닥, 뛰어 올라가는 소리. 2층……, 3층……, 4층. 덜컹, 문이 열리고 닫히는 소리. 됐다! 난 서둘러 1층을 살폈다. 생물이 내는 소리는 감지되지 않는다. 2층으로 올라갔다. 우중충한 철문이 하나 있는데 문이 쬐끔 열려 있다. 끼이이익, 문 뒤에 뭔가 걸려서 더는 안 열린다. 뭐지, 책?

아무리 마녀의 서재라지만 이건 너무한 거 아닌가.

어두컴컴한 방, 창문엔 두툼한 커튼이 쳐져 있다. 바닥엔 책이 돌멩이처럼 나뒹굴고 있다. 탑을 쌓듯 꼼꼼하게 쌓은 책 더미도 여러 개다. 방 중간중간 어정쩡하게 배치한 책장에도 책이 꽉 들어찼다. 책마다 쌓인 먼지가 1센티는 될 것 같다. 책 사이사이를 오가는 책다듬이벌레는 대충 봐도 천만 마리는 될 듯하고. 책도 교과서, 참고서, 시집, 동화책이 마구 뒤섞여 있다. 어쩜 이렇게 해 놓고 살까? 천장에서부터 길게 늘어뜨린 종이 다발도 있다. 기이한 모양의 모빌도 주렁주렁 달렸다. 서재가 아니라 그냥 책 무덤, 쓰레기장이다.

"미야아아아오, 미야오오옹!"

누더기 여사의 생전 목소리를 재생했다. 막내가 기억할까, 이런 곳에 막내가 있긴 할까. 소리 탐지 기능을 최대치로 올리고 조심스레 책 더미 사이를 살폈다. 철퍽! 뒤통수에 묵직한 충격이 가해진다.

"여, 여기서 뭐 해?"

마녀가 사자후를 토하며 대걸레를 코앞에 들이댄다. 으잇, 벌써 오면 어떡해!

"쥐, 쥐요, 쥐! 저쪽에서 쥐 소리가 나서 고양이 소리를 냈어요."

마녀 얼굴이 점점 더 험악해진다. 어쩌지, 더 세게 나가?

"방금 대걸레로 제 머리 후려쳤죠? 하아, 고객님. 제가 로봇이라고 이렇게 막 대하면 안 됩니다. 전 엄연히 소속이 있는 로봇이라고요. 저한테 폭력을 행사하시면 회사에서 재물 손괴죄로 고객님을 고발할 겁니다."

"……쥐, 쥐가 어딨는데!"

마녀가 대걸레를 휘두르며 꽥, 소리 지른다. 미친 듯이 펄쩍펄쩍 뛰는 통에 책 더미 몇 개가 와르르 무너진다. 아앗! 저기 막내가 있을지도 모르는데!

"안 돼!"

마녀와 내가 동시에 소리 질렀다. 마녀는 몸부림을 멈췄고 나는 급히 코에 장착된 전등을 켰다.

"어…… 이게 다 뭐죠?"

어둡고 깊은 파란색 벽에 책 무덤의 그림자가 드리워졌다. 산호초, 비뚤거리지만 제법 형체를 갖춘 산호초다. 어정쩡하게 놓인 책장은 큰 바위이고 책 더미는 작은 협곡이다. 천장에서부터 길게 늘어진 정신없는 종잇조각들은 해류에 따라 하늘거리는 물미역이다. 작고 여린 해파리도 동동 떠다닌다. 바다, 바다구나. 어둡고 깊은 바다 밑바닥에 대걸레 마녀와 내가 서 있다. 마녀가 웅얼거린다.

"뭐…… 같아?"

"바다. 그냥 바다 말고, 아주 깊고 고요한 바다."

딱딱하게 경직되었던 마녀의 어깨가 스르륵 풀린다. 그런데 대걸레는 왜 끌어안고 히죽거리지?

"아직 완성은 아니고. 지금 기사님이 서 있는 자리에 고래를 넣고 싶은데……, 어떨 것 같아?"

"네?"

"이 바다에 고래가 온다면…… 외로울까? 그렇겠지? 고래라면 외로울 거야. 무리를 찾아가고 싶을 테니까……. 근데 난 고래가 좋거든……, 상어는 너무 포식자……, 같이 살기는 좀……."

중얼중얼, 마녀는 주문을 읊듯 고래가 어쩌고 고래 대신에 가오리로 어쩌고 한다. 난 주의를 기울여 다시 작은 소리를 탐지했다. 마녀가 내는 소리 외에는 조용하다. 이 정도로 기척이 없다면 막내는 이 방에 없는 거다. 다른 방에 가서 찾아야 하는데, 마녀는 꼼짝도 안 한다. 아직도 고래 타령 중이다.

"고객님, 노래를 틀어 주면 될 것 같습니다. 고래들이 부르는 노래요. 돌고래건 혹등고래건 노래를 들려주면 마냥 외롭진 않겠죠. 종이 다르긴 하지만 친구들도 있으니 살 만할 겁니다."

삼지창을 든 포세이돈처럼 마녀가 대걸레를 번쩍 치켜든다. 설마 만……세? 저렇게 아무 표정 없이? 마녀는 움찔움찔 어깨춤을 추며 책 무덤을 나선다. 그래, 빨리 다른 층으로 가자. 마녀는 3층으로 올라가려다 말고 홱, 돌아선다.

"아까 코에서 나왔던 전등 빛 말이야, 클래식한 블루랑 잘 어울리더라. 웜그레이가 그렇게 아름다운 줄 몰랐어. 기사님 보디 컬러도 웜그레이로 바꾸면 좋을 텐데. 리빙코럴보다 훨씬 낫다고. 회사에다 바꿔 달라고 해 봐."

"저도 딱히 좋아서 이 꼴로 사는 거 아닙니다. 애초에 주인새 취향이라 어쩔 수 없었어요."

"주인새?"

"네. 본디 마지막 음절 '새' 뒤에 '끼'가 붙는데, 끼는 묵음이라

생략합니다."

"주인새……끼?"

"비슷한 말로 대표새도 있습니다."

크거걱, 키히킥킥. 웃음소리인지 신음 소리인지.

마녀가 3층 문을 연다. 역시 여기도 어둡고 푸르스름하다.

딸깍, 길쭉한 전등에 불이 들어온다. 2층보다 밝긴 하지만 충전될 정도의 양은 아니다.

"여긴 내 보물 창고. 다 작업할 때 쓰는 거니까 밟으면 안 돼."

내가 쓰레기장에서 살아 봐서 아는데, 이 방은 쓰레기장이 맞다. 도대체 재료와 쓰레기의 차이가 뭘까. 쓰레기로 작업을 하는 건가? 찌그러진 캔, 둘둘 말린 대형 뽁뽁이, 찌글찌글한 쿠킹 포일, 물감 범벅 돗자리, 페인트로 처덕처덕 칠한 타이어, 깨진 벽돌에 끊어진 전선까지.

마녀는 바닥에 널브러진 쓰레기를 잘도 피해 간다. 참 편하게 사네. 어쩌자고 난 엮이는 인간마다 이 모양이냐. 예전 주인새 집 구석은 로봇 청소기만 네 대였는데도 항상 바빴지. 청소기만이 아니라 집안 모든 가전들이 다 바빴다. 지가 쓴 물컵 하나 개수대에 놓을 줄 모르는 위인이었으니까. 그렇게 늘어놓는 주제에 정리 강박증이라니, 그 비윗살 맞추기 정말 쉽지 않았다.

재료를 가장한 쓰레기 더미 사이에서도 막내의 울음소리는 들리지 않는다. 어떤 기척도 감지되지 않는다. 여기에도 없다는 건데, 도대체 어디에 숨겼담. 빨리 4층을 봐야 해.

"고객님, 모뎀부터 확인해 볼게요. 모뎀이…… 아, 저쪽 사다리 밑에 있군요."

"거기 캔버스 조심해. 엄청 중요한 거야."

내가 목욕을 해도 될 정도로 큰 양동이 세 개와 페인트 붓 더미와 물감이 잔뜩 든 상자와 파란 물감이 엉겨 붙은 대걸레 두 개를 피해 사다리까지 왔다. 사다리를 살살 밀고 모뎀을 보려고 몸을 숙이니 엉덩이에 캔버스가 닿았다. 마녀가 버럭 소리를 지른다. 그럼 좀 치우고 살든가!

벽에 세워진 캔버스는 2미터도 넘는 것 같다. 덕지덕지 파란색만 칠해져 있다. 물감이 질질 흐르다 그대로 굳은 것 같다. 어떻게 보면 파란 빗물이 번지는 것 같기도 하고. 난 마녀의 눈치를 보며 모뎀 전원을 껐다 켰다 만지작거렸다.

"고객님, 이 모뎀에도 이상 없네요. 다른 걸 확인해야겠어요."

뒤돌아보니 마녀가 고개를 갸웃거리며 날 노려본다. 설마, 눈치챈 건가?

"봉지 기사님, 오른쪽으로 세 걸음만 가 봐."

순순히 마녀 말대로 했다.

"좋아, 거기서 사다리에 올라가 봐."

진짜 별걸 다 시키네— 한마디 하고 싶지만, 꾹 참았다. 지금 마녀 비위를 건드려서 좋을 게 없지. 마녀는 그 쬐그만 눈을 더 가늘게 뜨며 말한다.

“난 그림을 그린다기보다는…… 색을 찾고 있다.”

난 네가 납치한 막내를 찾고 있다, 이럴 시간 없다고! 마녀가 사다리에서 내려오라며 고개를 까딱거린다. 목에 깁스를 하면 저렇게 까딱거릴 순 없겠지? 사다리를 저쪽으로 쓰러뜨린 다음 머리통을 확,

“기사님은 파란색을 보면 무슨 생각이 들어?”

“밟으…… 네?”

“보면 연상되는 게 있잖아. 파랑과 연관된 정보들. 하늘이라든가 바다, 비…….”

“감옥.”

캔버스를 보던 마녀가 내게로 고개를 돌린다. 게슴츠레했던 눈이 반짝인다.

“빠져나가기 힘들잖아요, 우울은.”

“……계속해 봐.”

“감정, 느낌 이런 거 인간만 갖는 줄 알지만 절대 아닙니다. 그걸 표현하는 언어가 달라서 그렇지, 동물도 다 알아요.”

“봉지 기사님은 로봇이잖아. 그걸 어떻게 알아?”

“저야말로 더 잘 알죠. 인간도 겪고, 고양이도 겪어 봤고, 새나 쥐, 개도 겪어 봤으니까요. 각 동물마다 고유 언어가 있거든요. 배

운 게 많다고요."

"잠깐, 잠깐만! 그럼 봉지 기사님은 고양이 말도 알고 쥐나 새의 말도 안다는 거야? 그걸 다 배웠어?"

"간단한 의사 표현 정도는 할 수 있죠. 인간과는 다르지만 그들만의 의사 표현 방식과 소통 방식이 있어요. 같이 지내다 보면 자연스럽게 알게 돼요. 고양이 언어는 뉘앙스가 풍부해서 소통하기가 만만치 않지만요. '느낌을 표현한다'는 측면에서 보면 인간의 언어와 동물의 언어는 다르지 않아요."

"봉지 기사님 말은 인간의 언어와 동물의 언어가 비슷하다는 거야?"

"감정에 기반해서 보면요. 처해진 상황에 연결된 사고 패턴을 따라가다 보면 감정 그물망을 발견할 수 있어요."

"그물망?"

"특정 감정 상태에 빠지는 루틴에서 벗어나기 힘들기 때문에 붙인 표현이에요. 대부분의 감정은 단독으로 생성되고 소멸되지 않아요. 감정 생성에 결정적인 역할을 한 사건과 해당 사건의 인과와 그에 딸린 단서에 관계된 감정들까지 얽히고설키거든요. 부정적인 감정일 경우 더 그래요. 강아지가 주인한테 버림받았다고 해봐요. 슬프겠죠? 그런데 실제론 '슬픔'이라는 감정 하나만 생기지 않아요. 버림받기 전에 이미 냉정해진 주인의 목소리에서 느꼈던 미세한 불안, 버려진 뒤 낯선 곳에 홀로 남겨졌을 때의 거대한 두려움, 이미 각인된 주인의 체취가 일으키는 절절한 그리움과 막막한 외로움이 뒤엉켜 있어요. 버려짐과 같은 사건에서 촉발된 감정은 너무나 강력해서 그물망도 아닌 감옥 같죠."

"감옥이라……. 갇혀 있을 만큼 갇혀 있어야 나올 수 있다는 건가."

"사람도 동물도 많은 경우에 그렇더라고요. 도와주는 상대가 있다면 또 모르죠. 밑도 끝도 없이 믿어 주고 기꺼이 자신의 곁을 내어 주는 상대요. 길에서 살다 보면, 불현듯 닥치는 사고가 있듯이 불현듯 나를 집어삼키는 사랑에 빠지기도 해요. 완전히 새로 태어나는……."

이크, 말이 너무 길다. 오랜만에 인간이랑 말을 섞으니 신이 나서……. 인간과 대화하는 걸 신나하는 내가 너무 싫다. 마녀가 피식 웃으며 말한다.

"요새 인터넷 회사에서 그런 것도 가르치나 봐?"

"길에서 배웠죠, 어떤 여사님에게서."

마녀는 쓰레기 더미로 가 구깃구깃한 앞치마를 꺼내 입는다. 찢어진 박스와 비교적 깨끗한 아크릴 판도 꺼낸다. 포크, 철 수세미, 쿠킹 포일까지 온갖 걸 다 꺼낸다.

"풍요로운 블루를 위해서 길을 떠나야 하나……. 코럴로 인해 블루가 더 생생해진다면……. 좋아, 채도 좀 낮춰서 간다."

마녀는 아크릴 판에 물감을 짜서 섞은 다음 대걸레에 꼼꼼히

묻힌다. 대걸레를 왜 그렇게 들고 다니나 했더니 그게 붓이었네. 그런데 왜 지금 색칠하려고 하는 거니.

"고객님, 제가 좀 바쁘거든요. 다른 모델도 확인해서 문제를 찾아야 수리할 수 있어요."

마녀는 대꾸하지 않는다. 사다리에 올라가 캔버스에 대걸레를 문지른다. 꼭대기부터 살살, 매우 신중하게, 천천히. 내 몸 색깔과 비슷하지만 좀 더 흐릿한 산호색이 드러난다. 대걸레가 지나가니 감옥 같은 파랑에 다른 어떤 것이 생긴다. 꽝꽝 언 어둠을 녹이며 햇살이 흐른다. 거세지 않지만 거부할 수 없는 힘……이랄까. 희미한 밝음, 곧 시작될 봄. 꼭 동틀 녘에 본 누더기 여사의 등줄기 같다.

"봉지 기사님."

"네?"

"4층, 안 잠겼으니까 먼저 가서 보고 있을래?"

기회다! 마녀의 기분을 맞춰 준 보람이 있구나. 아예 밖에서 문을 잠글까? 그럼 여유 있게 막내를 찾아서 데리고 나갈 수 있을 거야.

"그런데, 기사님."

마녀가 불러 세운다.

"코럴은 뭐가 연상되나? 산호색, 기사님 몸 색깔 말이야."

"……여사님요. 여사님은 제 색깔에 반했다고 했거든요."

계단을 오르는 동안 집중해서 주변을 살폈다. 이놈의 집구석, 어지간히 어둡고 더럽네. 일부러 키우는지 천장 구석에 깔대기거미가 자기 집 속에서 웅크리고 있을 뿐 생명체라곤 개미 새끼 한 마리 보이질 않는다. 구석구석 시체는 많다. 집파리, 검정파리, 나방파리 같은 벌레 시체들. 4층, 이제 마지막이다. 배터리 잔량은 23%, 아슬아슬하다. 꾸물댈 시간 없어.

철컹, 문을 열었다.

4층은 마녀의 생활공간인 모양이다. 휑뎅그렁한 방, 누렇게 바랜 벽지, 꽤 밝은 LED등. 가구라곤 기우뚱한 침대, 둥그런 식탁과 의자 세 개, 서랍장이 딸린 옷장이 전부다. 가전제품도 냉장고와 작은 에어컨, 오래된 노트북 두 대뿐 그 흔한 로봇 청소기도 없다. 가난한 건지 소박한 건지 모르겠다. 주인새 집은 뭐가 진짜 많았는데. 나도 그중 하나였고.

스피커에서 작게 귀뚜라미 소리가 들린다. 멀리서 울리는 꾀꼬리 노랫소리, 잔잔히 흐르는 시냇물 소리, 바람에 스치는 나뭇잎 소리도 난다. 한때 유행했던 ASMR '평온한 낮의 숲 소리'가 재생되고 있다. 밖에 안 나가는 대신 이런 소리를 틀어 놓고 사는 모양이군. 꼴에 좋은 건 알아서는.

"어, 막내야!"

막내가 침대 위 커다란 수건에 파묻혀 곤히 자고 있다. 오르락 내리락하는 통통한 배, 분홍색 발바닥, 반투명한 발톱. 누더기 여사를 똑 닮은 삼색 고양이! 열 시간 만에 보는 건데, 그새 큰 것 같다. 작게 태어났어도 누더기 여사를 닮았으니 건강하고 씩씩하게 크겠지. 미야오오옹, 누더기 여사의 목소리를 재생했다.

"에옹, 엥, 끼엥……."

막내는 그 조그만 몸을 오들오들 떨면서 고개를 갸웃댄다. 새끼 고양이 말은 데이터가 부족해 통 모르겠다. 추운가? 엄마를 찾는 건가? 엄마 소리는 재생해 줄 수 있지만 냄새는 풍겨 줄 수가 없는데. 일단 나가자. 수건을 두툼하게 접어 막내가 보이지 않게 감싸 안았다.

"봉지 기사님, 아까 그 그림 컬러를 바……?"

아뿔싸! 조금 더 서둘렀어야 했어. 지금 이 상황은 누가 봐도 내가 악당이다. 마녀가 눈을 부릅뜨고 냅다 소리친다.

"야, 너 지금 뭐 하냐?"

"문답무용! 비켜라, 마녀야!"

"문답, 뭐? 허허, 너 삑났어? 말로 할 때 애기 내려 놔, 이 고양이 도둑아!"

"너야말로 도둑이지! 감히 누더기 여사의 마지막 후손을 훔쳐 가?"

"누더…… 뭐?"

"꺼져, 이 양심 없는 인간아!"

"너 인터넷 수리 기사 아니지? 반품도 안 돼서 내다 버린 반려봇 맞지?"

"아니! 난 내 발로 나온 거다. 독립한 거라고, 이 은둔형 외톨이야!"

"난 은둔형 외톨이 아니야. 은둔형 예술가라고!"

한 치도 물러설 수 없는 눈싸움. 에옹, 에엥. 수건 속에서 막내가 꼬물거린다. 막내야, 조금만 참아. 막내가 떨어지지 않게 양손으로 가슴에 딱 붙여 안았다. 마녀는 대걸레를 안 들고 왔다. 해 볼만 해, 할 수 있어! 문 앞에 떡 버티고 선 마녀를 향해 돌진했다. 최고 속력 100%, 이단 옆차기!

"비켜어어어!"

"끄아아아아악!"

꽈다당, 내 발에 차인 마녀가 자빠졌다. 이래 봬도 내가 토끼야, 토끼! 직립보행형 비만 토끼 모델이긴 해도 인간 정도는 깡충깡충 뛰어넘을 수 있다고! 한 층을 세 걸음으로 뛰어내렸다. 쿵, 쿠궁! 4층에서 3층, 2층, 1층까지 단숨에 내려왔다.

"거기 서, 이 납치범아!"

"네가 납치했잖아, 막내는 내 딸이야!"

"로봇이 무슨 수로! 젖도 없으면서 새끼 고양이를 어떻게 키울 건데!"

순간, 몸이 굳은 듯 멈추었다. 배터리 잔량이 3%라니! 너무 격하게 움직여서 그렇구나. 마녀가 부리나케 뛰어오는 소리가 들린다.

"애기, 애기 내려놔. 개 똥 싸야 해."

"인간은 빠져. 내가 키……울 수 있……어."

"젖은? 분유는 어떻게 살 거야? 배변 유도도 해야 하고 체온도 올려 줘야 하는데. 새끼 고양이가 얼마나 약한지 알아?"

"시끄……러워. 길……에는 길의 방……법이…… 다…… 있……."

곧 전원이 꺼집니다. 충전해 주세요.

눈앞이 깜빡깜빡, 큰일 났다! 다리가 움직이지 않는다. 손가락도 움직일 수가 없다. 곧 전원이 완전히 꺼질 거야. 마녀가 다가와 품에서 막내를 꺼내 간다. 누더기 여사, 미안해. 나 한다고 했는데……. 눈에 노이즈가 끼더니 깜깜해진다. 완전히 나갔네. 아직 소리는 들린다. 몸이 이리저리 흔들린다. 마녀가 내 몸뚱이를 흔드는 건가.

"배터리가 나간 건가. 이걸 어디에 신고해야 하지? 그냥 내다 버리면…… 안 되겠구나. 충전되면 또 기어들어 올 테니까. 이걸 어떻게 부수지? 확 찢어?"

안 돼! 아, 목소리가 나오질 않는다.

이제 전원이 꺼집니다. 5, 4, 3, 2, 1.

젠장, 유언이 안내 멘트라니.

아…… 밝다. 쨍하고 환한…… 형광등?

충전됐구나! 보인다, 보여! 누리끼리……한 바닥? 아, 손바닥. 자기 손바닥으로 이마의 땀을 훔치는 대걸레 마녀가 보인다.

"어이, 로봇. 아직 안 깼나? 눈꺼풀이 없으니 꺼진 건지 켜진 건지 알 수가 있나."

"……왜 내가 여기에 있지? 여긴 4층 아냐?"

"으악! 깼구나. 너, 보기보다 꽤 무겁더라."

"……막내는 어딨어?"

마녀가 턱짓으로 침대를 가리킨다. 아까 그 수건이 곱게 놓여 있다.

"인터넷 AS 기사님 왔다 갔어. 바깥에서 들어오는 랜선이 끊어졌다고 하더라. 이런 거 처음 본대. 새가 작정하고 쪼지 않고서야 저절로 끊어질 순 없다던데?"

"……."

"그리고 무선 인터넷은 간섭하던 주파수가 없어졌으니 괜찮대, 다시 해 보래. 하니까 진짜 되더라. 너 전원 꺼지니까 갑자기 간섭

주파수가 없어졌어. 신기하지 않냐? 이 정도 신기한 일은 경찰에 신고해야 되지 않나 생각한다, 나는."

"소용없어. 나한테 손해배상 소송 걸어도 물어 줄 주인 같은 거 없으니까. 나, 반품도 안 되는 커스텀이야. 겁나 비싼 고성능 반려 로봇인데, 쓰다 질렸다고 주인새가 하도 구박해서 뛰쳐나왔다. 길에서 산 지 8개월 됐어."

"그렇다고 남에 집에 들어와서 새끼 고양이를 훔치냐?"

"막내는 네가 훔쳤지! 지난 새벽 01시 19분, 네가 우리 막내 데리고 달아났잖아."

"너 그걸 어떻게……, 거기 있었어?"

"누더기 여사 시신을 수습하고 뻗어 있었어. 방전됐거든."

"아깽이 엄마가 누더기 여사야? 죽었어?"

"응. 다른 형제도 둘 있었는데, 다 갔지."

"그랬구나……."

까딱까딱, 고개가 돌아간다. 충전율 26%, 충전 속도가 빠른데? 양쪽 발꿈치에 전선이 연결되어 있다. 마녀 주제에 용케 찾아서 끼웠네. 오랜만에 전선으로 직접 충전하니까 빠르고 좋다. 단단한 에너지가 차오르는 것 같아.

마녀는 젖병에 분유를 타서 막내에게 먹인다. 끼용, 삐용, 메용. 새끼 고양이는 도대체 몇 가지 울음소리를 내는 건지. 맛있다는 소리 같은데, 아직 옹알이 단계라 정확치는 않다.

"아깽이 젖 먹이고 똥 치다꺼리도 힘든데, 이젠 유기로봇 밥까지 챙겨 먹이고. 아이고, 내 팔자야."

"그러게 왜 착한 짓이냐, 안 어울리게."

"무슨 착한 짓씩이나. 그냥 하는 거지, 그냥. 눈에 보이는데 어떡해. 눈 감고 살 수도 없고."

툴툴거리며 막내에게 젖을 먹인다. 고개 빳빳이 세우고 쪽쪽쪽, 잘도 빨아 먹네. 마녀 말이 맞다. 내가 무슨 수로 막내를 키우겠어. 내 한 몸도 어쩌지 못하는데……. 그러고 보니 식탁 아래에 고양이 사료 포대가 있다. 그것도 두 포대나. 마녀에게 물었다.

"고양이 사료를 벌써 사 놨어? 막내는 아직 사료 못 먹잖아."

마녀가 심드렁히 말한다.

"주차장에 이불이랑 물이랑 같이 두는 사료야. 길고양이들 오면가면 먹으라고."

"그게 너……였어?"

"아예 여기서 사는 고양이가 있는 줄은 몰랐네."

"……누더기 여사가 늘 고마워했어."

"여사님 얘기 좀 해 봐. 너 고양이 말 안다며."

"누더기 여사는 널 대걸레 마녀라고 불렀어."

"크하하하핫! 그거 마음에 든다. 대걸레 마녀, 예술가의 소울이 느껴져!"

마녀는 수건으로 감싼 막내를 보여 줬다. 배가 볼록하다. 따뜻한 핫팩을 수건으로 돌돌 말아 막내 옆에 두었다. 미지근한 물로 적신 손수건으로 막내의 항문을 마사지한다. 천천히, 꼼꼼하고 부드럽게. 똥을 푸짐하게 싼 막내는 핫팩에 기대 잠들었다. 눈가와 등줄기의 검은 무늬가, 다리의 새하얀 털이, 노오란 꼬리가 누더기 여사와 똑 닮았다.

"너희 집 주차장이 이 동네 최고 핫플이거든. 네가 매일 깨끗한 물이랑 사료를 가져다 두니까 여길 차지하려는 고양이들이 많았어. 결국 전쟁이 일어났지. 봉제산 일대의 모든 고양이들이 뛰어들었어. 일주일간 아홉 번의 전투가 있었는데, 난 증인 자격으로 모든 전투를 참관했지. 봉제산 서쪽 기슭의 패왕으로 3대째 군림하는 흰양말 일족의 맏이가 유력했어. 흰양말 맏이는 근방의 모든 고양이들이 인정하는 수컷 중의 수컷이야. 그의 승리에 이의를 제기할 고양이가 없었지. 내가 그를 주차장의 주인으로 선언하려던 때, '누더기'가 나타났어. 몸 여기저기 땜빵이 난 누더기는 흰양말 맏이보다 한참 작고 어렸어. 딱 봐도 전투 경험이 없었지. 하지만 그 절박하고 형형한 눈빛만은 달랐어. 누더기는 그 어떤 고양이도 범접할 수 없는 기운을 내뿜으며 27분간 줄기차게 흰양말 맏이에게 달려들었지. 결국 나가떨어진 건 흰양말 맏이였어. 체급과 경험치를 넘어서게 한 건 누더기의 절박함이었어. 참전한 모든 고양이들은 자기 한 목숨을 걸고 싸웠지만, 누더기는 자기 목숨과 더불어 배 속의 네 목숨까지 걸고 싸웠거든. 참관인이자 증인으로서 나는 누더기에게 '여사'의 칭호를 부여하고 이 주차장의 임자로 선포했지. 이후 31일은 누더기 여사의 생애 중 가장 안전하고 평안한 시기였어. 배 속의 아이들도 무럭무럭 자랐지. 출산 때가 되자 누더기 여사는 몹시 긴장했고 겁을 먹었어. 첫 출산이었거든. 하지만 정말 용감했지. 첫째와 둘째는 무사히 순산했는데, 문제는 셋째였어. 배 속에서 이미 사산된 거야. 검은 피만 줄줄 나오더라. 사산된 아기가 산도를 막고 있어서 넷째의 생사도 장담할 수 없었어. 고통에 몸부림치던 누더기 여사는 완전히 탈진해 거의 정신을 잃은 상태였어. 그때 내가 손가락으로 사산된 아기를 잡아당겼지. 새카만 덩어리가 와르르 쏟아졌어. 다시 진통이 시작되었고 곧 막내가 태어났어. 난 그렇게 작은 고양이 새끼를 본 적이 없었어. 숨도 쉬지 않기에 곧 가는구나 싶었는데, 누더기 여사는 포기하지 않고 계속 핥더라. 미요, 막내가 울자 누더기 여사도 울었어. 나도 울고 싶었는데 난 눈물이 없잖아. 그래서 노래를 불렀어, 봄에 고양이들이 부르는 다정한 청혼의 노래. 누더기 여사는 울다가 웃더니 완전히 잠들었어. 세 아이들에게 젖을 물린 채, 유언 한마디 남기지 못하고……. 누더기 여사가 숨을 거둔 뒤에도 한참 동안 검은 피가 흘렀어."

마녀는 눈물 콧물을 주체하지 못한다. 도대체 티슈를 두고 손등으로 콧물을 닦는 이유는 뭘까. 내가 쯧쯧, 혀를 차자 마녀는 내 눈치를 보며 말한다.

"펄프, 펄프 아껴야지. 손이야 닦으면 되니까. 생활 오수는 재활용률이 좋잖아."

"그럼 손수건에다 닦고 빨아!"

"아, 그럼 되는구나."

마녀가 실실 웃으며 콧물 범벅 손등을 바지에 문지른다. 손등이 지난 자리가 얼룩덜룩하다. 으아, 얘 진짜.

"그런데 넌 왜 혼자 살아? 혼자 살기엔 큰 집인데."

"……부모님은 일본에 계셔. 나 교포 4세. 고1 때 한국에 왔고 계속 한국에서 살고 싶은데, 부모님이 일본으로 들어오라고 하셔. 대학, 떨어졌거든. 떨어지는 게 당연해. 공부 하나도 안 했으니까. 난 그림 그리고 싶은데 집에선 공대 가래. 난 공대 머리 아닌데 말이야. 하아, 나 이런 얘기 처음 하는데……. 암튼 고민 중이야. 그림이란 게 꼭 대학을 가야 그릴 수 있는 건 아니니까……."

"네 그림 별로던데."

"알거든!"

"대신 뭐 만드는 건 재밌게 하는 것 같아. 내 예전 주인새가 현대미술광이어서 나도 공부 좀 했거든. 내 말 믿어. 현대미술은 아니, 현대예술은 광대해. 네가 걸어갈 길 하나쯤은 있어. 너무 한 가지만 고집하지만 않으면…… 뭐 하냐, 너. 지금 우냐?"

또 눈물 콧물 범벅이 되어 버렸다. 도대체 어느 대목에서 눈물이 나는 건지. 대걸레 마녀가 순수 마녀라서 다행이다. 기왕 이렇게 된 거 슬쩍 찔러나 볼까.

"도와줘."

"뭐, 뭘?"

"누더기 여사, 묻어 줘. 세 아이들도 같이."

마녀의 단춧구멍만 한 눈이 접시만 해졌다. 손사래부터 치더니 아주 진저리를 낸다.

"나, 나는 죽은 거, 그런 거 못 만져. 봤잖아, 복도에 파리 시체도 못 치우는 거. 그리……고, 그리고! 내가 어쨌든 누더기 여사의 아깽이를 돌보잖아. 그거면 충분하지!"

"넌 이 집 주차장에 시체가 쌓여 있어도 괜찮아?"

"아니!"

"그럼 가서 묻어 줘."

"내가 장비 빌려줄 테니까 봉지 기사님이 해. 나, 나, 나는 육아 때문에 바쁘잖아."

흐음, 그렇게 나오시겠다? 마녀는 내 눈치를 보더니 슬금슬금 막내 곁으로 가 앉는다. 나도 막내 곁으로 다가갔다.

"길고양이의 수명은 평균 3년이야. 다들 길에서 살다가 길에서 죽어. 그런데 왜 길고양이의 시체가 눈에 안 띄는지 알아?"

"왜…… 왜, 난 몰라."

"길에는 음식이 귀하지."

"그……런데?"

"동족의 시체만큼 양질의 단백질원은 없어. 다들 시체를 원한다고."

"그, 그만! 알았으니까 그만하라고, 쫌!"

마녀는 검은 봉지와 수건과 꽃삽을 챙긴다.

"썩기 쉽게 그냥 묻어 줘. 수건에 싸지 말고."

마녀가 가자미눈을 뜬다. 마스크, 고무장갑, 비닐 앞치마, 어디서 가져왔는지 포대자루까지 챙겼다. 내가 꽃삽을 들자 마녀가 뺏는다.

"생모 장례식인데, 덩이도 데려가야지. 네가 안아."

"덩이?"

"응, 복덩이. 방금 지었어. 딱 어울리지?"

"그게 뭐야! 이렇게 귀엽고 예쁜 애한테."

"예쁜 애들은 이름이 좀 촌스러워야 해. 그럼 더 차밍해 보이거든."

마녀는 흰 머리를 흔들며 애매한 포즈를 취한다. 저게 차밍한 포즈인가. 난해하다, 난해해.

"그래서 차밍해 보이고 싶은 은둔형 예술가님의 이름은 뭐야?"

"봉희, 엄봉희. 넌?"

"내 이름? 알잖아, 봉지."

봉희가 깔깔 웃는다. 덩이도 메옹, 웃는다.

우린 같이 문을 열었다.

김 민 령 … 

# 왜가리 관찰하기

다락방에 올라가 보라고 말해 준 사람은 육촌 형이었다.

어느 날 마당으로 나갔더니 담배를 피우고 있던 형이 근호에게 고개를 끄덕하고는 알은체를 했다. 그리고 담뱃불을 검지손가락으로 털어 끄고 두리번거리다가 혼자서 쿡쿡 웃었다.

"쓰레기통을 찾고 있었네, 참나."

사실상 집 주변은 쓰레기장보다 하등 나을 게 없는 꼴이었다.

"습관이 이렇게 무섭다니까."

근호도 따라서 웃었다.

"다락방에 한번 올라가 봐. 이것저것 책이 좀 있어."

형이 말했다.

형은 어렸을 때 이 집에서 자랐고, 중고등학교에 다닐 때에도 1년에 서너 번 큰할머니를 찾아와 며칠씩 묵어갔다고 했다. 근호보다 다섯 살이 많은 형은 군 입대를 앞두고 있었다.

집에는 무선공유기가 1층에 한 대뿐이었는데 성능이 시원치 않았다. 폰 데이터가 다 떨어진 후에는 도서관에서 빌려 온 추리소설이나 읽는 수밖에 없었다. 집 안에서 자주 마주치는 것도 아닌데 형은 근호가 책에 고개를 박고 있는 모습을 눈여겨본 모양이었다.

근호는 다락방에서 책 더미를 뒤적거리다가 뜻밖에도 쌍안경 하나를 찾아냈다. 박경리나 이문열 같은 옛날 소설책들 사이에서 쌍안경은 마치 원시 행성에 불시착한 우주선처럼 보였다. 근호는 허리를 굽히고 팔을 쭉 뻗고 나서야 구석에 처박혀 있던 쌍안경을 집어 들 수 있었다. 먼지를 턴 다음 손바닥 위에 올려 대충 무게를 가늠해 보았다. 쌍안경은 묵직하고 단단했는데 이음새 사이사이 먼지가 끼고 스트랩이 끊어진 채였다. 그래도 셔츠 자락을 잡아당겨 뿌연 렌즈를 닦아 내자 제법 쓸 만해 보였다.

잡동사니로 가득 찬 곳이지만 다락방을 알게 된 것은 큰 수확이었다. 2층 복도 끝에 있는 다락방 문은 유심히 보지 않으면 문인 줄도 알기 어려웠을 것이다. 다락방 안쪽에는 좀 지저분하지만 조그마한 창도 하나 있었다. 근호는 고장 난 선풍기나 줄이 없는 기타, 종이 상자 등을 조금씩 밀어 간신히 몸을 누일 만한 공간을 만들었다. 분홍색 이불 보자기를 풀어 꽃무늬 차렵이불 하나를 잘 접어서 깔았더니 제법 아지트 느낌이 났다.

방방마다 두세 명씩 차지하고 잠들어 있는 이층집은 흡사 합숙소 같아서 개인적인 공간을 바라는 건 불가능에 가까웠다. 처음 근호네 가족이 이 집에 들어왔을 때 근호는 하천이 내려다보이는 2층 방 하나를 독차지할 수 있었지만 이제는 아주 옛날 일처럼 느껴졌다. 깊은 밤이면 집 안 여기저기에서 코 고는 소리가 들려왔다. 근호가 밤마다 쉽게 잠들지 못하고 뒤척이는 것은 집에서 나는 온갖 소리 때문이기도 했다. 어둠 속에서 복도나 계단을 지날 때면 낡은 이층집은 고단하다는 듯 삐걱삐걱 앓는 소리를 냈다.

재개발 구역에 있는 집은 꽤 돈이 되는 모양이었다. 큰할머니는 이제 너무 늙어서 정신이 흐릿한 상태였다. 불과 1, 2년 전까지만 해도 집안 대소사를 호령할 만큼 정정했는데 큰 수술을 받은 뒤 급속도로 쇠약해졌고 급기야 눈도 보이지 않게 되었다. 큰할머니에게 남은 자식이 없으니 가난한 친척들로서는 외면할 수 없는 기회였다. 자, 이제 여기가 우리 집이다. 아빠는 엄마와 근호를 데리고 이층집 마당에 들어서며 그렇게 말했었다.

하지만 얼마 지나지 않아 아빠의 숙부, 고모, 사촌 들도 저마다 식구들을 이끌고 찾아와 방을 하나씩 차지했다. 분양받은 아파트 입주를 기다리고 있다거나 직장 때문이라거나 핑계를 댔지만 대체로 얼마 안 되는 월세를 아끼기 위해서였고, 다들 같은 기대를 갖고 있었던 것 같다. 어쩌면 엄마 말대로 서로서로 감시해야 할 필요가 있었는지도 모른다. 근호는 알고 싶지도 않았고 들어도 잘 이해가 안 되는 이야기였다.

새벽 다섯 시가 되면 잠에서 깬 큰할머니가 일어나 이 방 저 방을 기웃거리며 돌아다녔다. 앞이 거의 보이지 않는다는 할머니는 집 안 구석구석을 누구보다도 잘 알고 있었다. 새벽에 잠이 깬 근호는 쓱쓱 슬리퍼 끄는 소리와 마룻장이 삐걱대는 소리를 들으며 좀 막막한 심정이 되곤 했다. 그러면 다시 잠들지 못하고 아침이 올 때까지 이리저리 뒤척여야 했다. 조금만 기다리라는 아빠의 말을 진짜 믿어도 될지 의심하면서.

집 앞 하천에는 다리를 다친 왜가리 한 마리가 있었다. 왜인지 근호는 그 뚱하고 커다란 새에게 신경이 쓰였다. 틈날 때마다 다락방에 엎드려 쌍안경으로 들여다봤는데 왜가리는 늘 혼자였고 기우뚱기우뚱 물가를 서성였다. 나는 데 지장은 없는 건지, 불편한 다리로 먹이 활동은 제대로 할 수 있는 건지, 다리가 자연 치유되고 있긴 한지 확인하고 싶었다. 적어도 그 새가 살아 있다는 걸 봐야만 안심이 되었다.

새는 얕은 물가를 돌아다니다가 이따금 동작을 멈추고 가만히 서 있었다. 그럴 때면 근호도 눈가가 뜨끈해질 때까지 꼼짝하지 않고 쌍안경을 들여다보았다. 마치 시간이 멈춘 느낌이었다.

하천가 산책로에서 수영이를 발견한 것도 왜가리를 찾느라 시야를 조정하고 있을 때였다. 분홍색 아노락에 청반바지를 입은 수영이는 쌍안경 왼쪽에서 천천히 걸어 나와 오른쪽으로 지나갔다. 밤샘을 하고 난 토요일 이른 아침이었다.

주말 아침에 운동을 하러 나온 고등학생이라니, 흔한 일은 아니겠으나 꼭 이상하게 볼 일도 아니었다. 하지만 수영이가 향하는 북쪽 방향으로는 얼마 못 가 산책로가 끊길 터였다. 그쪽에는

# 문학동네 청소년

## 045 허구의 삶 이금이 장편소설

**과거의 어느 갈림길에서 다른 선택을 했다면,
나와 당신의 삶은 어떻게 달라졌을까.**

삶과 죽음, 과거와 현재, 현실과 가상 세계를 오가며 '허구'와 '상만'의 전 생애가 펼쳐진다. 깊은 통찰이 담긴 단단한 문장과 긴장감 있는 서사는 우리를 진실된 "삶" 속으로 초대한다.

2020 학교도서관저널 추천도서 | 2020 대한출판문화협회 올해의 청소년교양도서
2020 교보교육재단 추천 청소년 인성도서 | 2021 용인 올해의 책

## 046 독고솜에게 반하면 허진희 장편소설

**"용기를 내고 싶어졌다. 독고솜이니까."**

진실에 한 걸음 다가서는 용기, 누군가의 곁을 지키는 용기를 그렸다. 소문과 편견, 선입견의 장벽 너머에는 당연하게도, 자신만의 반짝이는 매력을 지닌 한 사람이 있다. 그렇기에 이 소설은 말한다. 누구에게든 맘껏 반해도 괜찮다고. 반했다면, 어떤 마법이 펼쳐질지 모르니 한번 다가가 보라고.

제10회 문학동네청소년문학상 대상 | 2020 아침독서 추천도서 | 2020 학교도서관저널 추천도서
국립어린이청소년도서관 2020 청소년추천도서

## 047 나는 새를 봅니까? 송미경 소설

**새를 처음 본 것은 지난겨울, 어깨의 눈을 털기 위해 고개를 돌렸을 때**

물기가 가득 어린 눈동자의 흔들림 같기도, 보였다 순식간에 사라진 눈송이 같기도, 시간이 멈춰 버린 어느 저녁의 하늘빛 같기도 한 여섯 편의 이야기. 마음에 드는 신발을 찾지 못해 외출하지 않는 나, 흰 새를 보았다는 얘기는 아무에게도 하지 말라는 말을 듣는 나, 나지 않는 냄새를 맡고, 외진 골목에서 눈감아 버린 기억과 맞닥뜨리는 나 들이 등장한다.

## 048 귤의 맛 조남주 장편소설

**우리 모두가 지나온 초록의 시간, 함께라서 가능했던 그날의 이야기들**

소란, 다윤, 해인, 은지는 '맨날 붙어 다니는 네 명'으로 통한다. 중학교 3학년을 앞두고 제주도로 여행을 떠난 이들은 다소 충동적으로 한 가지 약속을 한 뒤 타임캡슐에 넣어 묻는다. 앞날이 바뀔지 모를 이 약속 뒤에는 저마다의 이유가 있었다. 순간의 여러 감정과 계산이 빚어낸.

2020 문학나눔 선정도서 | 국립어린이청소년도서관 2020 청소년추천도서 | 2021 광주 동구청 올해의 책 | 2021 청소년 북스타트(책날개) | 2021 원주 한 도시 한 책 읽기 운동 추천도서

## 049 곰의 부탁 진형민 소설

**우리, 서로의 괜찮음을 물어보는 사이가 되자.**

소설 속 갑갑하고 무거운 상황을 가뿐하고도 무심하게 툭툭 풀어내는 능숙함, 그 사이사이에 위트와 유머를 쉼표처럼 박아 놓는 진형민 특유의 노련함이 응축되어 있다. 덕분에 이 책의 독자는 웃게 될 것이 분명하지만, 가끔은 이야기 속 인물과 함께 세상을 향한 욕지거리를 내뱉고 말 것이며 끝내는 울게 될지도 모른다.

제12회 권정생문학상 수상작 | 2021 아침독서 추천도서 | 책 읽는 평택 2021년 함께 읽는 책

## 050 우리는 난민입니다 말랄라 유사프자이·리즈 웰치 지음

**노벨평화상 수상자 말랄라가 만난 여성, 청소년, 난민이라는 이름의 얼굴**

여성의 교육받을 권리를 위해 싸우는 최연소 노벨평화상 수상자 말랄라 유사프자이가, 이번에는 자신이 만난 여성 청소년 난민들의 목소리를 우리에게 들려준다. 이 책을 통해 우리는 난민이라는 이름으로 뭉뚱그려지는 존재들이 아닌, 자이나브, 사브린, 무준, 나일라라는 이름의 얼굴들을 떠올릴 수 있다.

## 051 행운이 너에게 다가오는 중 이꽃님 장편소설

**내가 너의 행운이 될 수 있을까?**

『세계를 건너 너에게 갈게』의 이꽃님 작가가 그리는 또 하나의 기적. 톡톡톡, 닫혀 있던 한 세계를 향한 노크 소리가 들려오기 시작한다. 행운이 간절한 아이들 곁으로 누군가가 다가온다. 인생을 지독하게 만드는 것은 인간이지만, 그 인생에 손을 내미는 것 또한 언제나 인간이니까.

한국출판문화산업진흥원 2020 우수출판콘텐츠 선정작 | 2021 아침독서 추천도서
부산시공공도서관 이달의 책 (2021년 3월) | 2021 원주 한 도시 한 책 | 2021 의정부 올해의 책

## 052 살아 있는 건 두근두근 보린 소설

**쓰다듬고 마주 안고 먹고 먹히고**
**살이 되고 살을 만들고 살로 살아가고…**

'살'이란 무엇일까? 외부를 감각하고 타인과 부딪치고 또 고기가 되어 누군가의 살이 되는 살. 이 소설은 과거, 현재, 미래를 배경으로 인간과 안드로이드, 기계 '소'와 제물로서 사육되는 곰 등이 살아가는 세계 안에서, '살(고기)'의 세 가지 변주를 담았다.

## 053 궤도의 밖에서, 나의 룸메이트에게 전삼혜 장편소설

**"너는 나의 세계였으니, 나도 너에게 세계를 줄 거야."**
**끝내 살아남을 사랑의 기록**

다가오는 토요일, 지구는 검은 구름으로 뒤덮이겠지만 한 사람만은 반드시 무사할 예정. 무사함을 가능하게 한 것은 달의 뒷면처럼 보이지 않는 누군가들의 간절함이었다. 그러니까 이것은, 마지막 순간까지 서로를 놓지 않은 연대의 기록이자 한 세계가 끝나도 결코 사라지지 않을 사랑의 연대기.

2021 문학나눔 선정도서 | 2022 아침독서 추천도서 | 2022 화이트레이븐스 선정

## 056 모범생의 생존법 황영미 장편소설

**나쁘지 않은 성적, 그건 이 세계를 견디기 위한 최소한의 보험 같은 거야.**

『체리새우: 비밀글입니다』 작가 황영미의 새 청소년소설. '모범생'이라는 이름으로 뭉뚱그려지는 전교 N등들을 위한 일상 생존 매뉴얼이 담겼다. 본격적인 수험 생활에 진입하는 시기, 열일곱 살의 봄을 맞이한 아이들의 일상 분투기를 만나 보자.

2022 어린이도서연구회가 뽑은 청소년책

활기를 잃은 공단이 자리 잡고 있어 살풍경한 폐공장들이 즐비했고, 그래서인지 자전거도로 겸 산책로는 하천을 가로지르는 산업도로 아래에서 흐지부지 끝나 있었다. 근호가 살고 있는 재개발 택지 지구는 끊기기 직전의 산책로를 아슬아슬하게 면하고 있었다. 하천가에 새로 들어선 아파트 단지에서 쏟아져 나온 조깅족들은 보통 남쪽으로 방향을 잡고 뛰었기 때문에 근호가 사는 주택가 쪽은 인적이 드물었다. 그만큼 관리도 되지 않아서 이쪽 산책로 주변은 잡초가 수북하게 자라 있었고 드문드문 쓰레기들이 눈에 띄었다. 절름발이 왜가리가 근근이 살 수는 있겠지만 쾌적한 아침 산책을 할 만한 곳은 아니었다.

"아들, 거기 있니?"

다락방 계단 아래에서 엄마 목소리가 들렸다. 근호는 쌍안경을 내려놓고 서둘러 다락방을 빠져나왔다.

"또 밤새 거기 있었던 거야? 갑갑하지도 않아?"

엄마가 소곤소곤 말했다. 근호가 다락방을 제 방 삼아 마음대로 드나든다는 것은 다른 친척들에게 비밀로 하고 있었다. 다락방의 존재가 알려지면 2층 방처럼 누군가 차지해 버릴지도 모를 일이었다.

엄마는 토요일인데도 공장에 출근하려는 참이었다. 물류센터에서 일하는 아빠는 아직 퇴근 전이었다. 근호는 엄마를 배웅하기 위해 아래층으로 내려갔다. 부엌 식탁에는 예닐곱 명이 붙어 앉아 아침 식사를 하고 있었다. 달그락달그락 수저가 그릇에 부딪치는 소리가 났다. 고모할머니가 국을 푸다가 돌아다봤다.

"근호, 밥 안 먹니?"

"네. 나중에요."

"아유, 원 애가 통 먹질 않아. 그러니 그렇게 빼짝 말라 빠졌지."

근호는 친척 어른들이 말을 걸 때 으레 그러듯 억지로 미소를 지었다.

큰할머니는 쭈글쭈글한 손을 얌전히 모으고 왕왕 울리는 텔레비전 앞에 앉아 있었다. 근호는 눈먼 할머니가 텔레비전 소리를 듣고 있는 것인지, 식구들이 밥 먹는 소리를 듣고 있는지 궁금했다. 다락방에서 오래된 앨범을 본 적이 있었다. 흑백사진 속에서 젊고 날씬한 큰할머니는 외투를 차려입은 채, 화환을 목에 건 여자아이와 나란히 서 있었다. 1970. 3. 2. 축 입학. 진짜로 까마득한 옛날이었다.

"힘들지?"

마당으로 나오자마자 엄마가 겨우 숨통이 트인다는 듯 한숨을 쉬며 말했다.

"그냥 뭐."

근호는 괜찮다고 대답하고 싶었지만 그건 거짓말이었다. 뻔히 알고 있을 엄마에게 거짓말을 하고 싶지는 않았다. 익숙한 동네와 유치원 때부터 어울리던 친구들을 떠나 이곳으로 옮겨 오던 날

이후로 하루도 괜찮은 날은 없었다. 근호는 어쩐지 중학교를 졸업한 이후로 삶이 멈춰 버린 것 같다고 생각했다.

엄마를 배웅하고 뒤돌아서다가 근호는 또다시 수영이를 보았다. 수영이는 저만큼 비탈길 아래 산책로에서 이쪽을 올려다보고 있었다. 아까 쌍안경으로 보지 않았더라면 누구인지 알아볼 수 없었을 거였다. 근호는 주변을 둘러보았지만 거기에는 익히 알다시피 지붕이며 창문, 벽 등에 먼지가 잔뜩 끼고 군데군데 허물어진 낡은 이층집이 있을 따름이었다. 그 옆에 서 있는 빈집들도 별반 다르지 않았다. 바람이 불자 이웃집 담벼락과 처마 밑에 매여 있던 플래카드들이 펄럭거렸다. 재개발 결사반대, 조합 승인 환영 같은 문구가 적힌 플래카드들은 모두 빛바래고 가장자리가 해어져 있었다.

이후에도 수영이는 며칠에 한 번 산책로에 나타나 느릿느릿 걸었고, 가끔은 반쯤 허물어진 집들을 바라보며 서 있었다. 쌍안경 안에서 수영이는 곰곰 생각에 잠긴 모습이었다. 그럴 때 수영이는 왜가리와 크게 달라 보이지 않았다. 다만, 왜가리는 근호가 찾아낸 것에 가까웠다면 수영이는 제멋대로 찾아온 셈이었다. 수영이는 근호의 쌍안경 안으로 불쑥 들어와 왼쪽에서 오른쪽으로, 그리고 오른쪽에서 왼쪽으로 지나갔고, 근호는 속수무책이었다.

처음에는 당황스럽고 난처했지만 생각해 보면 아무 문제가 아니기도 했다. 왜가리도, 수영이도, 햇빛이 반짝이며 부서지는 수

면처럼 그저 하천 풍경에 지나지 않았다. 근호는 다락방에 엎드린 채 왜가리를 관찰하면서, 사실은 수영이가 나타나기를 기다리면서, 자신이 일생일대의 한 방을 기다리는 고독한 저격수라도 된 것 같다고 생각했다.

수영이는 전 과목 1등급에 학생회 부회장이었고, 언제나 주위에 친구들이 몰려드는 타입이었다. 같은 반이 아니고 한 번도 이야기를 나눠 본 적이 없는 아이들도 누구나 수영이를 알았다. 좀처럼 학교에 정을 붙이지 못하는 근호로서는 매사에 그토록 열심인 수영이 같은 아이들을 이해할 수 없었다.

학교는 아이들이 떠드는 소리와 웃음소리로 요란했고 땀 냄새, 급식실에서 풍겨 오는 반찬 냄새 등이 뒤섞여 늘상 어수선했다. 근호에게는 집이나 학교나 마찬가지였다. 분주하고 떠들썩한 가운데 혼자만 고립된 기분이 들곤 했다. 그래서인지 복도를 걸을 때마다 큰할머니가 생각났다. 다른 아이들 눈에 내가 보이기는 하는 걸까. 별 상관 없는 일이었지만 가끔은 먹먹할 때도 있었다. 대개는 혼자라는 사실에 무심해지려고 노력했다.

이전에는 관심도 없는 아이였는데. 수영이가 운동하는 모습을 멀리서 바라보고, 언제쯤 나타날지 궁금해하고, 다른 일을 하다가도 문득문득 떠올리는 건 조금 면구스러운 데가 있었다. 하지만 수영이가 근호의 시야 안으로 걸어 들어오는 걸 막을 도리도 없었다. 근호가 절름발이 왜가리를 찾고 있노라면 수영이의 분홍색 아노락이 불을 켠 것처럼 반짝 눈에 띄었다. 게다가 무슨 이유에서인지 수영이는 다락방에서 내려다보이는 산책로 부근에서 점점 더 많은 시간을 보냈다. 보통은 두 팔을 깍지 껴 쭉 뻗거나 허리를 돌리며 운동하는 시늉을 했지만 가만히 이쪽을 바라보고만 있을 때도 있었다.

근호는 수영이에게 자신이 보이나 싶어 산책로에 나가 보기도 했다. 산책로로 나가려면 이층집 앞의 좁은 도로를 건넌 다음 축대에 나 있는 시멘트 계단을 내려가야 했고, 다시 수풀로 가득한 비탈길을 지나야 했다. 산책로 옆으로는 키 작은 나무들이 제법 가지를 뻗고 있어서 이층집 박공벽에 난 창문을 보려면 기웃기웃 각도를 맞추는 것도 일이었다. 그 너머의 쌍안경까지 알아보려면 투시력이 있어야 할 터였다.

그렇게 마음을 놓고 있었기 때문에 수영이가 말을 걸어왔을 때 근호는 깜짝 놀랐다.

"너, 생지천 바로 옆 이층집에 살지?"

"어, 어, 어, 어떻게……."

근호는 당황한 나머지 들고 있던 콜라 캔을 놓쳤다. 지저분한 플라스틱 탁자 위로 콜라 웅덩이가 생기자 수영이는 말없이 편의점 안으로 들어가더니 냅킨을 들고 나와 내밀었다.

근호는 도서관 맞은편 편의점에서 대충 저녁을 때우는 중이었다. 주말이면 친척들이 하루 종일 텔레비전을 틀어 놓고 군만두를 태웠네 막걸리가 떨어졌네 하며 떠들어 대는 통에 도저히 집에 있기가 어려웠다. 얼마 전 리모델링을 마친 구립 도서관은 쾌적하고 조용했다. 학교에서 멀리 떨어진 곳이었고 학원가하고도 거리가 있어 수영이를 보게 될 거라고는 조금도 생각하지 못했다. 수영이는 교복을 입고 슬리퍼를 신은 채 필통 하나만 달랑 들고 있었다. 회색 체크무늬 스커트에 남색 카디건을 입은 수영이는 분홍색 아노락을 입었을 때와 달리 무척 평범해 보였다.

"막 들어가려고 했는데."

근호는 탁자를 닦으며 수영이가 어서 가 주었으면 하는 마음을 내비쳤다.

"어디?"

"도서관, 책 빌리러……."

"오호, 한가하게 책을 읽으시겠다? 다음 주가 시험인데?"

수영이는 근호 건너편에 앉더니 여길 닦으라 저길 닦으라 하며 한참을 참견했다.

"도서관 문 닫을 때가 다 되어서."

"닫으면 닫는 거지, 그게 뭐?"

"아니, 가방도 두고 나왔고……."

수영이는 꽤나 까칠했고, 근호는 중얼중얼 변명을 하다가 자신이 이렇게 궁지에 몰린 까닭을 생각했다. 설마 모든 걸 알고 있는 건가. 쌍안경으로 새를 지켜보다가 지나가는 여자애를 보는 것도 문제가 될까?

"어쨌거나 거기 빨간 벽돌에 담쟁이 올라간 이층집, 맞지?"

수영이가 물었다.

"글쎄, 담쟁이라…… 내가 식물 이름 같은 거 잘 몰라서."

"나도 몰라, 바보야. 어쨌든 초록색 풀이 벽 타고 막 올라가잖아. 지붕 바로 아래 둥근 창문도 있고."

수영이가 두 손끝을 맞대어 지붕 모양으로 만들었을 때 근호는 뜨끔했다. '지붕 아래 둥근 창문'은 근호를 엄호해 주는 차폐막이나 다름없었다. 새를 지켜보다가 우연히 보게 된 거라고 우길 수야 있겠지만 멀리서 몰래 훔쳐본 셈이니 켕길 수밖에 없었다.

"그래서, 그게 뭐?"

근호가 목소리를 높이자 수영이는 살짝 누그러졌다.

"왜 화를 내고 그래? 궁금한 거 묻지도 못하냐."

그리고 잠시 무언가 생각하는 듯하다가 다시 물었다.

"너 거기 사는 거 맞지? 저번에 거기서 나오는 거 봤어."

아, 그날. 출근하는 엄마를 배웅했던 토요일 아침. 그때 근호만 수영이를 본 게 아니었던 것이다. 순간, 근호의 머릿속에 관리되지 않아 낡고 지저분한 이층집과 마당 한편에 쌓인 고물들, 남루한 친척 어른들이 떠올랐다. 쓱쓱 나무 복도를 스치는 큰할머니의 슬리퍼 소리와 삐걱거리는 난간 같은 것들도. 수영이가 그 근처에서 시간을 보내는 만큼 근호네 집의 초라한 몰골을 못 봤을 리 없었다. 그 집은 근호네의 가난과 절망, 어두운 시절을 전시하는 박람회장 같은 곳이었다. 근호는 얼굴이 확 붉어졌다.

"나도 예전에 거기 살았거든. 초등학교 때, 그 옆집에."

수영이 목소리가 낮아졌다. 나도 옛날에는 그 거지 같은 동네에 살았어, 그러니까 그렇게 창피해할 필요 없어, 라고 말하는 것처럼 나긋나긋한 말투. 근호의 표정이 어두워진 걸 눈치챈 모양이었다. 하지만 근호는 자신의 속마음까지도 들켜 버렸다는 생각이 들자 더욱더 창피해졌다.

"있지, 너희 집에……."

수영이가 무언가 말하려고 할 때 근호는 김밥 포장지를 구기며 일어났다.

"가야겠다."

수영이가 의아한 표정으로 근호를 올려다보았다.

"진짜 가야 해. 문 닫기 전에."

근호는 초록불이 깜박이는 횡단보도를 서둘러 건넜고, 도서관 계단을 오르기 전에 고개를 돌려 편의점을 건너다보았다. 기다렸다는 듯이 수영이가 손을 흔들었다.

이후에도 달라진 건 없었다. 수영이는 여전히 산책로에 나타났고, 근호는 지붕 아래 다락방에서 쌍안경을 통해 왜가리와 수영이를 바라보았다. 학교에서는 남자 반 교실과 여자 반 교실이 중앙계단을 경계로 나뉘어 있었는데 근호는 중앙계단을 오르내릴 때마다 수영이가 있지 않을까 신경이 곤두섰다.

하지만 어두운 색 교복을 입은 여자애들은 다들 비슷해 보여서 설사 그 속에 수영이가 있었더라도 알아보지 못했을 것이다. 수영이는 분홍색 아노락을 입고 산책로에 서 있을 때, 쌍안경으로 거리를 확 줄여서 바라볼 때만 특별할 수 있었다. 이상하게도 쌍안경 속 수영이는 근호와 같은 종류의 인간처럼 느껴졌다. 어디 먼 데 정신을 파느라 자기 주변에서 일어나는 일에는 관심이 없는 인간, 아니면 백 년쯤 뒤에 올 사건을 위해 묵묵히 현재를 견디는 인간. 어쨌거나 무력하고 외로운 인간 말이다.

수영이에 대해 생각하는 동안 가을이 깊어지고 있었다. 해가 지면 풀벌레 소리가 하천 주변을 가득 채웠고, 아무렇게나 자란 수풀들이 노랗게 시들어 갔다. 산책로 주변 나무들이 노랗고 붉게 물드는 동안에도 왜가리는 여전히 똑같은 모습으로 하천 주변을 기우뚱기우뚱 돌아다녔다. 대기의 온도가 식는 만큼 왜가리가 발을 담그고 있는 강물도 점점 차가워질 터였다.

왜가리 때문일까, 근호는 계절이 바뀌고 있는 걸 여느 해보다 예민하게 느꼈다. 우주의 어딘가에서 여름에서 가을로 철커덕, 기어 바꾸는 소리가 들리는 기분이었다.

날이 차가워지면서 다락방 기온도 떨어졌다. 근호는 두꺼운 솜이불을 바닥에 깔고 알록달록하고 부드러운 밍크 담요를 덮어 체온을 유지했는데 어느 날, 학교에 갔다 와 보니 이불이 몽땅 사라지고 없었다. 그 대신 세탁해서 햇볕에 바짝 말린 여름 이불들이 얇은 보자기에 싸여 있었지만 그걸 풀어서 덮고 깔고 싶은 생각은 나지 않았다. 때 이른 오리털 파카를 가져다 두는 것으로 대신할 수밖에 없었다.

그날도 근호는 엎드린 채로 배기지 않도록 파카 깃을 여미느라 수영이가 나타나는 순간을 보지 못했다. 그래서 육촌 형과 수영이가 만나는 장면을 처음부터 볼 수 없었다. 형이 거기 미리 나와 있었는지, 지나가다 우연히 마주친 것인지도 알 수 없었다. 근호가 쌍안경을 눈에 가져갔을 때 육촌 형은 구부정하게 어깨를 구부린 채 서 있었고 그 옆에 수영이가 있었다. 자세히 보니 수영이는 손짓까지 하며 뭔가 이야기하는 중이었는데 육촌 형은 듣는 둥 마는 둥 하는 것 같았다. 여느 때처럼 무릎 나온 추리닝을 입고 맨발에 쪼리를 신은 형은 얼굴을 살짝 찡그린 채였다. 근호는 가슴이 철렁 내려앉았다.

그렇구나. 형 때문이었구나. 아, 이런.

나중에 근호는 수영이가 육촌 형과 함께 있는 모습을 보고 왜 그렇게 실망스러웠을까 곰곰이 생각해 보았다. 아무래도 잘 모를 일이었다. 아마 수영이가 자신과 다른 사람이라는 걸 새삼 확인하게 되어서일지도. 목적 없이 먼 곳을 관찰하는 일이란 얼마나 무의미하고 소모적인 일인지.

왜가리는 찬물에 발을 담그고도 여전히 잘 지내고 있었다. 심지어 행복해 보이기까지 했다. 왜가리에게 표정이 있었더라면 근호를 향해 씨익 웃어 주었을지도 모른다. 그것 참 다행이네. 근호는 다락방에 엎드려 그렇게 중얼거렸다.

육촌 형이 군대에 가기 전날, 가족들은 마당에서 삼겹살을 굽고 비빔국수를 만들어 먹었다. 저물어 가는 가을 하늘로 고기 굽는 연기가 뭉게뭉게 피어올랐고, 밥을 먹는 동안 사위가 점점 어두워졌다. 큰할머니도 한 자리를 차지하고 앉아 근호 엄마가 잘게 잘라서 놓아 주는 고기를 느릿느릿 먹고 있었다.

근호는 대충 배를 채운 후 자리에서 일어섰다. 모처럼 비어 있는 거실 소파에 앉아 스마트폰이나 들여다볼 생각이었다. 그러나 현관문을 열기 전 무심코 뒤를 돌아봤을 때 담장 너머로 육촌 형이 보였다. 근호와 눈이 마주친 형은 나가 보겠다는 손짓을 하고는 골목이 아니라 하천 방향으로 사라졌다. 그러면 안 된다고 생각했지만 근호의 발걸음은 저절로 계단을 향했다.

다락방에 엎드려 창문을 열자, 마당에서 어른들이 떠들고 웃고 잔을 부딪치는 소리가 바로 옆인 것처럼 들려왔다. 당숙이 여기저기 친척 집에 맡겨 키운 불쌍한 아들이 번듯한 태권도 선수로 자라 이제 해병대에 들어가게 되었다고, 자랑인지 하소연인지 모를 이야기를 늘어놓고 있었다. 어른들은 그럼, 그럼, 하고 맞장구를 쳤고, 마셔, 마셔, 하면서 술잔을 채웠다. 당숙은 큰어머니 덕분에 우리 근희가요, 하면서 옛날이야기를 시작했다. 애 엄마 도망가고 딱 죽고 싶을 때 큰어머니가 그러셨잖아요, 애기는 내가 봐줄 테니까 일단 살고 봐. 그래서 그 길로 일 잡아서 울산엘 갔잖아요오.

근호는 육촌 형이 어려서 꽤 오랫동안 이 집에 살았다는 사실을 떠올렸다. 친할머니도 아니고 큰할머니였는데도 친손주처럼 먹이고 입히고 태권도장에도 보내 주었다고, 나중에 잘되면 아버지보다도 큰할머니에게 효도해야 할 거라던 이야기를 들은 적이 있었다.

수영이가 초등학교 때 옆집에 살았다면 형과 수영이는 이웃해 살던 어린 시절부터 알고 있었을까?

근호가 쌍안경을 들여다보고 있을 때, 아니나 다를까 수영이가 나타났다. 어두운 하천가 산책로는 가로등만 하나 켜져 있어서 어두웠지만 수영이의 분홍색 아노락은 금세 눈에 띄었다. 마당에는 알전구가 환하게 불을 밝힌 채 술판이 벌어져 있었고, 어른들은 돌아가면서 반주도 없이 노래를 불렀다. 60세에 저세상에서 날 데리러 오거든 아직은 젊어서 못 간다고 전해라. 노래는 자주 합창이 되었다. 이쪽은 너무나 환하고 너무나 시끄러워서 누구라도 고개를 돌리지 않을 수 없었을 것이다. 수영이는 아예 하천을 등지고 선 채 근호가 있는 방향을 바라보았다.

그런데 한참이 지나도 수영이는 혼자였다. 근호는 쌍안경으로 주위를 살피고 나중에는 창밖으로 고개를 삐죽 내밀어 집 주위를 둘러봤지만 육촌 형의 모습은 어디에도 보이지 않았다. 10분이 지나고 20분이 지나자 근호는 안달이 났다. 수영이가 그렇게 하염없이 기다리고 있는 게 영 신경 쓰이고, 나중에는 조바심이 났다. 마당의 식사 자리는 이제 마무리되어 가고 있었다.

30분쯤 지났을 때 근호는 참지 못하고 밖으로 뛰쳐나갔다. 빈 그릇이 든 쟁반을 나르고 있던 엄마가 근호를 불렀지만 아무 대답도 하지 않고 대문을 통과했다.

근호가 다가가자 수영이는 뜻밖이라는 듯 놀라는 기색을 보였다.

"어라? 이게 누구야?"

"형 없는데."

"뭐?"

"우리 형 없다고."

수영이는 눈살을 찌푸리고 고개를 갸우뚱했다. 영문을 모르겠다는 표정을 보고 있노라니 근호는 조금 욱하는 심정이 되었다.

"너 근희 형 기다리는 거 아니야?"

"근희 형이 대체 누구…… 파란 추리닝 아저씨?"

아저씨라. 근호는 어째 좀 마음이 시렸다.

"그래, 다 아니까 편하게 생각해."

"뭘? 뭘 아는데?"

수영이는 눈살을 찌푸린 채 근호를 바라보다가 곧 눈길을 돌렸다. 그리고 한참이나 눈을 내리깐 채 무언가 생각에 잠겼다. 근호는 말없이 수영이를 바라봤다. 눈썹을 다 덮은 앞머리는 살짝 흐트러져 있었고, 반쯤 귀 뒤로 넘긴 머리카락 사이에서 조그마한 귀고리가 반짝였다.

문득 수영이가 고개를 들었다.

"그러니까 네 말은, 내가 그 아저씨랑 사귀기라도 한다는 거야?"

"아니야?"

수영이는 대답 대신 조그맣게 한숨을 내쉬었다.

근호는 그제야 자신이 큰 실수를 저질렀다는 사실을 깨달았다. 하긴 수영이가 뭐가 아쉬워서. 터무니없는 오해에도 수영이가 화를 내지 않은 게 고마울 지경이었다. 그런데 형이 아니라면 수영이는 어째서 근호네 집 근처를 빙빙 맴도는 것일까.

"이런 거 물어봐도 될지 모르겠는데……."

수영이는 거기까지 말하고는 한참 말을 고르며 머뭇거렸다.

"네가 기분 나빠할지도 몰라."

"뭐가……."

근호는 되물으려다 곧 입을 다물었다. 배 속으로 끈적이고 매끄러운 덩어리가 쑤욱 떨어지는 기분이 들었다. 사정을 잘 모르는 사람 눈에 이층집 식구들이 어떻게 보일지 알 것 같았다.

"저기, 이층집 할머니는 살아 계시니?"

바로 그 순간, 근호네 집 마당에서는 연분홍 치마가 봄바람에 휘날리더라, 하는 옛날 노래가 시작되었다. 그 노랫소리 말고는 온 세상 소리가 전부 사라진 것 같았다. 낮고 걸걸하고 어딘가 슬픈 목소리. 가만히 생각해 보니 한 번도 들어 본 적이 없는 목소리였다. 꽃이 피면 같이 웃고 꽃이 지면 같이 울던 알뜰한 그 맹세에 봄날은 간다…….

"큰할머니야. 큰할머니가 노래를 부르네."

근호가 중얼거리자 수영이 눈이 반짝 빛났다.

"너희 할머니가 저기서 노래하고 있단 말이지?"

근호와 수영이가 대문을 열고 들어갔을 때 고물 식탁 세 개를 이어 붙인 자리에는 큰할머니와 당숙, 고모할머니만 남아 있었다. 집 안에서는 텔레비전에서 출연자들이 웃고 떠드는 소리가 흘러나왔다. 당숙과 고모할머니 둘 다 꽤나 취한 모양인지 서로의 말은 듣지 않고 웅얼웅얼 각자 이야기를 늘어놓고 있었다. 식탁 위는 휴대용 가스레인지 세 개와 쌈채소가 든 볼, 사용한 수저 몇 벌이 널브러져 있을 뿐 대충 치워진 상태였다.

저녁 먹은 자리를 치우고 정리하느라 아무도 큰할머니를 챙기지 못한 모양이었다. 큰할머니는 어깨를 움츠린 채 조용히 앉아 있었다. 할머니는 무슨 생각을 하고 있을까, 혹은 무엇을 듣고 있을까?

"할머니."

큰할머니는 근호의 목소리에 아무런 반응도 하지 않았다.

근호는 그동안 한집에 살면서도 큰할머니와 이야기를 나눠 본 적이 없었다. 눈도 멀고 정신이 흐릿한 할머니가 근호를 기억하는지, 근호가 누구인지 알기나 하는지 의문이 들 때도 있었다. 집 안은 언제나 북적였으므로 할머니와 단둘이 있어 본 적도 없었다. 앞도 보이지 않는데 집 안 여기저기를 슬금슬금 돌아다니는 할머니가 조금 무서웠던 것도 사실이다. 하지만 근호는 언제나 큰할머니가 불쌍하다고 생각했다. 많은 친척들 사이에서 할머니는 혼자였고, 그건 근호도 마찬가지였다.

"할머니."

근호는 다시 한번 할머니를 불렀다. 할머니가 살짝 고개를 들었다.

근호가 대문 쪽에 서 있는 수영이에게 가까이 다가오라고 손짓하자 수영이는 고개를 저었다. 그저 저만큼 멀찍이 선 채 할머니를 바라보기만 했다. 어색하게 차렷 자세를 하고 있는 수영이는 외딴곳에 뚝 떨어져 당황한 사람처럼 보였다. 화단에는 못 쓰는 가구들과 고장 난 실내자전거 같은 고물들, 식물이 죄다 말라 버린 커다란 화분들, 고무 통과 찌그러진 들통 같은 것들이 잔뜩 쌓여 있어서 수영이의 환한 분홍색 아노락은 유난히 튀어 보였다.

"어머나, 우리 근호 친구니?"

갑자기 근호 등 뒤에서 엄마 목소리가 들렸다. 수영이는 고개를 꾸벅 숙여 인사를 했다.

"좀 일찍 왔으면 밥이나 같이 먹을걸."

엄마가 쟁반을 가슴에 안고는 왜인지 조금 들뜬 목소리로 말했다. 근호는 친척들 사이에 앉은 수영이를 상상하고는 속으로 아이구야, 하고 한탄을 했다. 고물 더미 옆의 분홍색 아노락만큼이나 어울리지 않는 그림이었다.

"나 보러 온 거 아니야. 초등학교 때 옆집에 살았는데 큰할머니 뵈러 왔대. 잘 계시나, 궁금해서."

근호는 수영이가 어려워할까 봐 얼른 대신 대답했다.

"그렇구나. 그래서 인사하러 왔니? 착하기도 하지."

그때 당숙과 이야기를 하고 있던 고모할머니가 끼어들었다.

"우리 언니, 예전에 참 인심이 후하셨지. 촌에서 올라온 동생들이며 일가친척 다 먹여 주고 재워 주고. 동네 애들도 꽤나 거둬 먹였을걸. 떡도 쪄 주고, 미숫가루도 타 주고. 옛날에는 이 동네에도 애들이 바글바글했잖아, 왜. 언니, 언니, 기억나요? 어떤 애기가 언니 보러 왔대요."

모두 큰할머니 쪽으로 눈길을 돌렸다. 노란 블라우스에 갈색 니트 조끼를 입은 할머니는 졸린 듯 눈을 끔벅끔벅하고 있었다.

할머니는 너무 늙었고 기억도 많이 잃어버렸으니 수영이를 알아볼 리 없었다.

"아유, 불쌍한 우리 언니. 작년만 해도 이 정도는 아니었는데. 남편 죽고 늦게 얻은 자식까지 앞세우고 그 세월을 어찌 살았나……. 아이구, 오빠!"

별안간 고모할머니가 울음을 터뜨리자 엄마가 쟁반은 놔둔 채 고모할머니를 부축했다. 엄마는 안으로 들어가며 근호에게 살짝 웃어 보였다.

당숙은 의자에 반쯤 눕다시피 곯아떨어져 있고, 수영이는 여전히 말없이 할머니를 바라보고 서 있었다. 바람이 불어오자 수영이의 머리카락이 천천히 나풀거렸다.

어느 순간, 큰할머니가 퍼뜩 잠에서 깬 듯 눈을 뜨고는 수영이에게 손짓을 했다. 수영이는 멈칫하더니 이내 할머니에게 다가가 허리를 굽혔다.

"감이 다 익었겠어. 감 몇 개 따 가렴, 아가."

수영이가 두 손으로 할머니의 손을 꼭 잡는 모습을 보다가 근호는 문득 고개를 들었다. 그러고 보니 화단 잡동사니 사이에 감나무가 한 그루 있었다. 이제껏 감나무가 있는지, 감이 열리는지 마는지 한 번도 눈여겨보지 않았었다. 하늘을 향해 가지를 잔뜩 뻗어 올린 감나무에는 주황색 감이 눈이 부실 정도로 주렁주렁 매달려 있었다.

"진짜 형 아니지?"

수영이가 양손에 감을 하나씩 들고 들여다보며 물었다.

엄마의 재촉으로 수영이를 바래다주러 나선 길이었다. 캄캄한데 여자애를 혼자 보내면 어떡하니. 수영이는 겸연쩍은 듯 웃음을 터뜨렸지만 거절하지는 않았다.

"진짜 형은 또 뭐야. ……친형은 아니고 육촌 형이야."

"육촌? 어마어마하네. 난 사촌들도 잘 못 보는데 육촌 형이랑 같이 살다니."

"사정이 좀 있어."

근호는 엄마 아빠와 이층집에 들어오게 된 일이랑 고모할머니네와 당숙, 그밖에 촌수가 복잡한 여러 친척들이 찾아와 자리를 잡게 된 배경을 아주 간단하게 설명했다. 사기를 당했다거나 실직을 했다거나 하는 찌질한 이야기들. 수영이가 잡동사니가 가득 쌓인 마당에 들어와 봤기 때문인지 줄줄 이야기가 흘러나왔다. 어쩌면 감이 한가득 열린 감나무 때문인지도 몰랐다. 왜인지 알 수 없지만 더 이상 이층집이 창피하지 않았다.

"걱정했어. 곧 이 동네 집 다 헐린다던데, 우리 엄마가 그러더라고. 옆집 할머니네 집에 수상한 사람들이 잔뜩 몰려와 있다고. 갑자기 할머니 안전이 걱정되는 거야."

"뭐?"

수영이가 큰할머니 걱정 때문에 주위를 맴돌 거라고는 꿈에도 생각 못 했다. 근호는 조금 기가 막혔지만 따로 반박은 하지 않았다. 다른 사람들 눈에는 수상해 보일 법한 일이었다. 수영이의 오해와 실제 사정 사이에 얼마나 차이가 있는지도 알 수 없었다. 어른들이 목소리를 낮춰 보상금이나 이주비 같은 이야길 하는 걸 몇 번이나 들은 적이 있었다. 집을 비워야 할 때가 바로 코앞에 닥쳐 큰할머니는 시설로 들어가고 친척들은 뿔뿔이 흩어질 날도 얼마 남지 않았다. 근호는 지긋지긋한 집을 벗어날 날을 손꼽아 기다렸지만 한편으로는 엄마 아빠의 시름이 깊다는 것도 알고 있었다. 말할 수 없이 마음이 복잡해졌다.

"너희 형도 참, 그냥 설명해 주면 될걸. 괜히 더 의심스럽게."

"원래 말이 별로 없어."

근호는 열을 내는 수영이 옆에서 구부정하니 서 있던 육촌 형을 떠올렸다. 형은 수영이가 몇 번이나 캐묻는데도 큰할머니의 안부를 전해 주지 않았다. 그때 형은 어떤 기분이었을까.

"나보고 돌았냐고, 딱 한마디 하더라."

"그랬구나."

"내가 넷플릭스 범죄물을 너무 봤나 봐."

산책로에는 서늘한 가을밤을 즐기러 나온 사람들이 많았다. 아파트 단지가 가까워질수록 가로등 불빛은 더 환해지고, 자전거나 인라인스케이트를 타는 아이들도 눈에 띄었다. 저만큼 줄줄

이 불을 밝힌 아파트들이 성채처럼 우뚝 서 있는 모습이 보였다.

"사실 우리 친척들이 그렇게 좋은 사람들은 아니야. ……우리 아빠도 그렇고. 사람들이 하나둘 찾아와서 눌러앉는데 할머니는 그냥 보고만 있었는지도 모르지. 쫓아낼 힘이 없어서."

수영이는 말없이 터벅터벅 걷기만 했다. 근호는 울고 싶은 심정이 되었다. 수영이가 어떤 생각을 하는지 궁금했고, 한편으로는 절대 알고 싶지 않았다. 수영이와 자신이 산책로를 나란히 걷고 있다는 사실이 몽롱한 꿈처럼 느껴졌다. 근호가 그냥 뒤돌아서 집에 가 버릴까 생각할 즈음, 이윽고 수영이가 입을 열었다.

"우리 집이 이사하던 날, 그때도 할머니가 감을 주셨어."

근호는 가만히 귀를 기울였다. 킥보드를 탄 여자아이 하나가 바로 옆으로 휙 지나갔다.

"다들 떠나면 이 감을 누가 다 먹지, 쓸쓸해서 어쩌니, 그러셨거든. 아까 감을 주시는데 그 말이 딱 생각났어."

"난 감나무가 있는 줄도 모르고 있었는데."

"그렇지. 넌 식물 잘 모르니까."

수영이가 소리 내어 웃었다.

공기 중에는 온갖 소리들이 가득했다. 풀벌레 소리, 아이들의 웃음소리, 아이에게 주의를 주는 엄마들의 고함 소리, 찌릉찌릉 자전거 벨 소리, 개 짖는 소리, 아파트 단지 옆길을 지나는 자동차 엔진 소리. 근호와 수영이는 한참 동안 묵묵히 걸었다. 가로등

근처를 지날 때마다 뒤쪽에 있던 그림자가 쓰윽 하고 앞으로 나왔다. 그림자는 점점 길어지다가 희미해졌다.

아파트 단지로 들어가는 샛길이 나오자 수영이가 걸음을 멈추었다.

"분명히 좋아하셨을 거야. 감도 나눠 먹을 수 있잖아. 우리 외할머니도 누가 찾아오면 그렇게 좋아하시더라고. 가고 나면 흉도 엄청 보거든? 근데 또 보고 싶어 해. 웃기지? 늙으면 다들 정이 많아지나 봐."

근호는 잠자코 수영이를 바라보았다. 옛날 옛날 이웃집에 살던 할머니 걱정을 할 정도라면, 그래서 그 집 앞을 서성거렸던 거라면 수영이도 만만치 않게 정이 많은 편이겠지만 그런 이야기는 하지 않기로 했다. 어쩌면 나중에 할 기회가 있을지도 모를 일이고.

수영이가 불쑥 들고 있던 감 하나를 내밀었다. 근호는 멀뚱히 감을 바라보았다.

"그걸 왜…… 집에 가면 감나무에 주렁주렁인데."

"알아, 바보야. 이건 그냥 내가 주는 거야."

수영이는 다시 한번 감을 내밀었고 근호는 얼결에 두 손으로 받았다. 감싸 쥔 감 한 알에서 희한하게도 따뜻한 온기가 느껴졌다.

"갈게, 친구. 학교에서 봐."

수영이가 손을 흔들고는 계단을 뛰어 올라갔다. 근호는 수영이가 흰색 울타리 너머로 사라지는 모습을 끝까지 지켜본 다음 뒤

돌아섰다.

근호는 다음에 수영이를 만나면 왜가리 이야기를 들려줘야겠다고 생각했다. 홀로 물가를 서성이지만 언제나 느긋하고 행복해 보이는 왜가리에 대해. 오랫동안 관찰하면서 걱정했지만 알고 보니 끄떡없이 잘 살고 있었다는 기분 좋은 결론에 대해. 왜가리를 관찰하는 동안 근호도 더 이상 외롭지 않았다는 사실과 어쩌면 그건 수영이 덕분일지도 모른다는 짐작에 대해. 의도한 것은 아니지만 오랫동안 멀리서 지켜보았다는 점에 대해서는 사과도 해야 할 것이다.

하늘을 올려다보니 희고 둥근 달이 떠 있었다. 근호는 선선한 가을바람을 느끼며 밤 산책을 시작했다.

큰할머니 댁으로 가는 길이다.

윤 해 연 … 

# 흰 점

서현이 자고 있다. 오늘도 어제처럼 자고 있다. 어제도 그제처럼 잤다. 수업 시간에 자고 있는 서현을 훔쳐본다.

서현은 수업 시간이면 한쪽 팔을 베고 창 쪽을 바라보며 잠을 잔다. 코만 골지 않았지 서현한테 수업 시간은 그저 잠을 자는 시간이다. 서현 같은 애들이 더러 있긴 하다. 세상만사 귀찮은 아이들, 공부라고는 도무지 관심이 없는 아이들 말이다. 하지만 서현은 그런 아이들과는 조금 다르다. 수업 시간이 아닌 쉬는 시간에도 자거나 멍하니 창밖을 보기 일쑤다. 도대체 이 아이는 무슨 생각으로 사는 걸까. 나는 도대체 이 아이가 왜 궁금한 걸까.

지난주부터 짝이 된 서현은 처음 만나는 짝이 아니다. 한 달에 한 번씩 돌아가며 짝이 바뀌니 두 번째, 혹은 세 번째 짝이 되어 만났을 터다. 그런데 뭐가 달라진 건지 모르겠다. 새삼 서현의 행동 하나하나가 눈에 띈다.

지루한 기술가정 시간이다. 모두가 안심하며 다른 것을 하기에 좋은 시간이다. 가정 선생 역시 암묵적으로 다른 교과 공부를 하는 우리를 못 본 척해 준다.

가정 선생이 크다 싶은 크기로 칠판에 '文化'라고 쓴다. 일정 지역을 중심으로 그 지역에 살고 있는 대부분의 사람들이 공통적으로 가지고 있는 물질적, 비물질적인 모든 것을 의미하며, 물질과 비물질이 모여 만들어진 문화를 통해 우리의 정체성을 얘기할 수 있다고 했다.

서현의 책상에는 서현의 긴 머리가 쏟아지듯이 펼쳐져 있다.

"물질적인 것과 비물질적인 것을 구별할 수 있는 사람?"

가정이 물었고 우리가 대답해야 한다.

아무도 대답하는 아이가 없다.

"모두 자고 있니?"

가정이 다시 한번 물었다.

"……좋아. 그럼 내가 비밀 하나를 말해 주지. 이건 진짜 비밀이야. 아무한테도 말한 적이 없거든."

무엇 때문인지 모르겠지만 나는 조급한 마음으로 서현을 보았다. 당장이라도 어깨를 흔들어 깨우고 싶다는 생각이 불끈 일었다.

고개를 돌려 아이들을 둘러보았다. 여전히 아이들은 제 할 일을 하고 있었다. 다른 책을 펼쳐 놓은 아이, 학원 숙제를 하는 아이, 서현처럼 자고 있는 아이도 있다.

왜 조바심이 나는지 모르겠다. '비밀'이라고 해도 가정의 입에서 대단히 내밀한 언어들이 쏟아질 거라 기대하지 않는다. 어른들은 시시한 줄거리에도 저런 단어를 곧잘 갖다 붙이곤 한다.

"……시작은 사소했어. 그냥 지나칠 수도 있었을 거야. 내가 너희 나이였을 때 일인데, 어느 날 나에게서 이상한 걸 발견했어. 처음에는 보여도 무엇인지 몰랐지. 그걸 오래 생각하기에는 너무도 중요한 게 많았으니까. 지금 너희들처럼 말이야."

가정이 마른침을 한번 삼켰다.

몇몇 아이들이 고개를 들었다.

"그것은 물질과 비물질…… 그 중간이었어. 물질처럼 분명해 보였지만 따지고 보면 비물질에 가까웠어. 무엇이라고 설명할 수 없었으니까."

"그게 뭔데요?"

누군가 작게 물었다.

"뭔지 미리 알려 주면 재미없잖아. 보이지만 보여 줄 수 없는 거였고 보인다 해도 왜 보이는지 아무에게도 설명할 수 없는 거였지. 그래서였을까, 아주 오랫동안 보았어. 오래 보니까 익숙해졌고 익숙해지니까 제대로 볼 수 있게 되었어. 그리고 알게 되었지. 모두가 가지고 있다는 걸 말이야. 공평하게 모두에게 있었어. 내게 다름은 불안했던 모양이야. 모두가 가지고 있다는 것에 이상하게 안심이 되었어. 어쨌든 나는 물질과 비물질이 섞여서 표시된다면 그런 모양일지도 모른다고 생각했어. 엉뚱하게도."

"그래서 그게 뭐였는데요?"

누군가 또 물었다.

이제는 제법 많은 아이들이 가정의 이야기를 듣고 있었다. 자고 있는 서현은 빼고 말이다.

"전 그게 뭔지 알아요!"

교실 구석에 앉은 한 아이가 말했다.

"그래, 그게 뭐지?"

"차인 거 아니에요? 남자친구한테 차인 걸 그렇게 말하는 거잖아요. 쪽팔리니까."

아이들이 웃었다.

서현이 팔을 바꿔 베느라 고개를 돌렸다. 서현의 이마 위로 몇 가닥의 머리카락이 쏟아졌다. 서현의 잠은 꽤 끈질겼다.

"그건 물질이기도 해. 그것 때문에 죽는 이들도 있지."

가정은 웃지 않았다.

"혹시…… 열등감 아닐까? 열등감 때문에 죽는 애들도 있잖아."

"물질이라잖아. 게다가 보려고 마음만 먹으면 볼 수도 있다고 했어."

"뭐야? 과학 시간도 아닌데 웬 물질 타령?"

"과학은 아니지만 재밌잖아."

"표시라고 했으니까 어쨌든 눈에 보이는 건데……."

아이들이 여기저기서 자기들끼리 묻고 대답했다. 가정은 그런 우리를 지그시 내려다봤다. 처음으로 여유로운 표정이었다.

"흉터 같은 건가? 그건 표시가 나잖아."

"흉터라면 잘 보이긴 하지. 여드름 하나만 나도 하루 종일 신경 쓰이니까."

"그건 아닐 거야. 여드름이 공평하게 나는 건 아니잖아?"

"그런가……."

남은 수업 시간 내내 물질과 비물질에 대한 뜨거운 토론이 이어졌다. 정작 그것들이 섞여서 만들어 내는 문화에 대해서는 누구도 얘기하지 않았다. 우리의 삶을 풍요롭게 만들고 더 나은 방향으로 이끌어 가는 공통된 행동 양식이나 습관, 전달 방법에 대해 알고 싶어 하는 사람은 없는 모양이었다. 아이들의 관심사는 오로지 가정의 내밀한 그 무엇이었다. 우리 나이였을 때 벌어졌던 그 일이 지금의 우리와 맞닿아 있을지도 모른다고 생각하는 걸까? 아니, 단순한 호기심인지도 모르겠다.

열띤 토론에도 불구하고 가정은 끝내 답을 말해 주지 않았다. 한껏 아이들을 궁금하게 해 놓고 시시하게 수업을 마쳤다. 그렇다 해도 누구 하나 가정을 탓하진 않았다. 대단한 질문도 아니었고 무엇인가를 오래 생각하지 않는 데는 각자의 이유가 있었다. 이를테면 내 손등에 핀 흰 점처럼 말이다.

손등에서 시작된 흰 점이 조금씩 커지고 있었다. 흰 점은 시간이 지날수록 일그러진 강낭콩 모양으로 넓어졌다. 마치 어두운 티셔츠에 무심코 떨어진 표백제의 흔적 같았다. 나는 손등의 백

색 얼룩을 물끄러미 보다 창 쪽으로 손을 뻗었다. 빛 속에 있는 손등의 흰 점을 확인하고 싶었다. 상상이나 착시가 아니라 정말로 존재하는 흰 점에서 눈을 떼고 싶지 않았다.

후드득, 창문에 막 내리기 시작한 빗물이 부딪치고 있었다.

"왜? 뭐 있어?"

화장실에 다녀온 서현의 시선이 나를 따라 창 쪽으로 향했다.

"아냐. 아무것도."

서둘러 손을 내렸다.

"오늘 비 온다고 했나? 우산 안 가져왔는데."

서현이 혼잣말처럼 중얼거렸다.

서현은 오늘도 자율학습을 빼먹을 것이다. 아마도 비가 와서 난감한 모양이었다. 여름이 끝나 갈 즈음 비는 예고도 없이 내렸다.

몇몇 아이들이 서현의 말에 고개를 돌려 창밖을 바라보았다. 하지만 누구 하나 시선을 오래 두진 않았다.

"우산 있는 사람?"

서현의 목소리가 안 들리는지 답하는 이가 없다. 그러고 보니 서현과 짝이 되었을 즈음 흰 점이 시작되었다. 방문을 잠그고 전신 거울 앞에서 옷을 벗은 뒤, 손거울까지 마주 들고 몸 구석구석을 살폈다. 욕실도 아닌 방에서 맨몸을 마주하자 내 몸이 낯설게 느껴졌다. 남의 몸을 보는 것처럼 생경했다.

흰 점의 모양과 생겨난 곳은 제각각이었다. 주로 심장과 먼 곳에서부터 시작되었다. 깨알 같은 흰 점들이 혼자 힘으로 자라고 있었다. 손등, 뒤꿈치, 발가락, 허벅지 안쪽, 엉덩이 아래. 점들은 스스로 커져 밖에서 안으로 침입하는 것처럼 심장을 향해 모여들고 있었다.

흰 점을 품고 학교에 간다.

담임의 조회가 끝나자마자 서현이 젖은 빨래처럼 책상에 널브러졌다. 마른 햇살이 서현의 이마에 닿았다.

"수업 시작해."

그새 잠이 들었는지 수학이 들어와도 서현이 움직이지 않았다.

"야아……."

나도 모르게 서현을 불렀다. 진짜 자고 있는 건지 확인하고 싶었다. 어쩌면 자고 있는 게 아니라 창밖을 보고 있는지도 모른다. 나는 서현이 무엇을 보고 있는지 궁금했다.

여전히 보이는 것은 운동장이고 담장을 둘러싼 플라타너스 나무고, 담 너머 건물과 그에 맞닿은 하늘뿐인데.

"그냥 둬라! 잠든 사람은 굳이 깨울 필요 없어. 오히려 수업에 방해만 된다."

수학이 책을 집어 들었다.

문제를 칠판에 적는다.

늘 가지고 다니는 타이머를 주머니에서 꺼낸다.

"자, 이게 $x$에 대한 항등식일 때 상수 a, b, c에 대한 값을 내 봐라. 연속 조립제법이 아니라 수치 대입으로 풀어 줘야 한다. 시간은 3분이다."

수학이 타이머를 눌렀다.

재깍 재깍 재깍……

보이지도 않는 초침이 자동으로 돌아간다.

아이들은 일제히 머리를 숙이고 문제를 푼다.

나도 문제를 풀어야 했지만 손등의 흰 점이 먼저 보였다.

착시 현상처럼 흰 점이 퍼졌다. 희미한 모양은 더는 살갗에 있지 않다. 공중에 떠 있는 이름 없는 것들과 만난다. 포개지고 복제되고 분리되어 흰 점이 늘어난다.

한 개, 두 개, 세 개……

$x$의 자리에 무수히 많은 수를 넣는다 해도 언제나 등식이 성립해야만 하는데 흰 점이 수를 대신하고 있다. 미지의 모양이 끊임없이 생성된다. 손가락으로 손등의 흰 점을 비벼 본다. 손톱으로 흰 점을 긁어낸다. 손톱이 살을 파고든다. 살이 부풀어 오른다. 싸한 통증이 전류처럼 흐른다. 부어오른 살갗에 피가 맺힌다. 상처 입은 흰 점은 더는 흰 점이 아니다.

"그만!"

수학이 타이머 버튼을 눌렀다. 초침이 멈춘 것처럼 나도 동작을 멈춘다.

심장이 벌떡거린다. 단거리달리기를 한 것처럼 숨이 찼다.

"못 푼 사람은 손 들어 봐."

눈치를 보면서도 손을 드는 아이는 없다. 수학은 아무도 손 들지 않을 거라는 걸 알면서도 번번이 묻는다.

"이 정도 난이도는 3분이면 족하다. 문제를 보는 순간 바로 머릿속에서 풀이 과정이 떠올라야 한다. 시간 안에 못 풀었다는 건 뭐가 문제라고?"

수학이 또 묻는다.

"연습이요……."

몇몇 아이들이 늘어진 고무줄 같은 대답을 한다. 대답은 항상 같았다.

"반복만이 답이다. 수학이 뭐라고 생각하나? 수학은 또 다른 언어다. 다른 언어를 배울 때 어떻게 하면 된다고?"

"연습이요……."

"그렇지! 반복적으로 연습해야 한다. 풀이 과정을 통째로 암기하란 말이다."

"네에."

수학이 항등식 문제를 설명한다. 아이들이 풀이 과정을 받아 적는다. 멍하니 손등을 내려다보던 내 눈길은 자고 있는 서현의 정수리로 옮겨 간다. 순간 서현의 잠이 부러웠다.

쉬는 시간이 끝나자 서현이 세수를 했는지 말간 얼굴로 자리에

앉았다. 나는 수학 시간에 놓친 풀이 과정을 들여다보고 있었다.

"와, 아직도?"

"뭐가?"

서현의 말에 고개도 들지 않고 대꾸했다.

"수업 시간에도 공부하고 쉬는 시간에도 공부하고 심지어 쉬는 시간이 다 끝나 가는데도 공부하고 있잖아."

"넌 우리가 왜 여기에 있다고 생각해?"

"뭐?"

"넌 마치 우리랑 다른 것처럼 말하잖아?"

"다르지 않지."

"그런데 다른 것처럼 말하고 있어. 마치 아무것에도 관심 없는 것처럼, 이 모든 게 하찮은 것처럼 굴잖아."

"음…… 시시해서 그래."

"뭐?"

고개를 들고 서현을 보았다.

"여기가 시시하다고. ……어, 네 손……?"

서현이 혼잣말처럼 중얼거리다 깜짝 놀라며 물었다.

"내 손? 내 손에 뭐?"

나도 모르게 책상 아래로 손을 감췄다. 서현에게 들키고 싶지 않은 게 무엇인지 모르겠다. 흰 점인지 내가 낸 상처인지.

"손에 뭐가 있잖아."

서현의 시선이 집요하게 내 손을 찾고 있다.

"……조금 다쳤을 뿐이야."

"정말?"

"그럼 뭐가 더 있겠어?"

내가 따지듯이 묻자 서현이 당황했다.

손등의 흰 점이 꽤 커졌지만 지금까지 아무도 발견하지 못했다. 흰 점은 마치 내게만 보이는 징표처럼 다른 이의 눈에는 보이지 않는 게 분명했다. 보였다면 누군가는 내게 물었어야 한다.

괜찮은 거니?

누군가의 걱정.

언제부터였어?

누군가의 관심.

아팠겠구나.

누군가의 염려 같은 언어들이 사라진 지 오래다.

서현이 잠시 날 바라보다 고개를 돌려 창밖을 바라보았다.

"아니다……."

오늘의 날씨는 맑음이었다.

담임이 종례를 하러 들어오자 서현이 서둘러 책상에 남아 있는 책을 가방에 넣었다. 담임은 다음 주에 있을 모의고사에 대해서 간단히 설명했다.

"긴말 필요 없지? 우리 반은 알아서 잘하니까. 학원이나 과외가 있는 사람, 자율학습 같은 건 죽어도 하기 싫은 사람은 교무실로 와. 조정해 줄 테니까."

"저요!"

서현이 손을 번쩍 들었다.

담임이 고개를 끄덕이고는 별말은 하지 않았다. 서현이 자율학습을 빼먹는 이유가 궁금하지 않은 것이다. 서현과 비슷한 아이들은 어제에 이어서 오늘도 그랬고 내일도 그러할 테니까.

선생님들은 그런 아이들에게 너그러웠다. 수업을 강제하지도 아이들의 잠을 방해하지도 않았다. 그러고 보니 우리도 그러하다. 서로가 서로에게 관여하지 않는다.

담임이 몇 가지 주의 사항을 전달하고 교실을 나가자 서현이 가방을 메고 일어섰다. 그대로 나갈 줄 알았는데 뜬금없이 내게 물었다.

"같이 갈래?"

서 있는 서현을 올려다봤다. 머리카락 사이로 서현의 이마가 보였다.

"나?"

"응."

마치 내게 자주 그랬던 것처럼 서현은 자연스러웠다.

"……어디에?"

"어디든."

"왜?"

"다쳤다며? 아프잖아."

"뭐가?"

"네 손 말이야."

"……아, 내 손. 아프지 않아."

"정말?"

서현이 살며시 웃으며 창 쪽으로 시선을 돌렸다. 서둘러 감춘 내 손이 민망하지 않도록 일부러 그러는 것 같았다.

"저기에 뭐가 있어?"

언젠가부터 묻고 싶었던 걸 물었다.

"그냥, 뭔가 있다고 생각하면 꼭 있을 것만 같거든. 당장은 보이지 않지만 혹시 알아? 나한테만 보이는 무엇이 있을지. 너도 너한테만 보이는 무엇이 있을 것 아니야. 그래서 너도 창밖을 자주 보는 거 아니었어?"

서현의 말에 가슴이 두근거렸다. 이상하게도 무슨 고백처럼 들렸다.

그때 기다란 차임벨 소리가 교실 가득 울렸다. 자율학습을 알리는 소리, 곧 다가올 시험을 위해서 모든 수업이 자율적으로 이루어진다는 신호였다. 모든 선수들은 출발선 앞으로 나와야 한다.

"차라리 학원에 갈까 봐. 여긴 도통 집중이 안 돼, 집중이."

누군가 말했다. 뒤돌아보니 절대로 상위권에서 내려오지 않을 고정 멤버와도 같은 강미주였다. 미주의 시선은 흔들림 없이 책에 박혀 있었다.

"이것도 수업 시간 중 하난데 어쩔 수 없지."

윤희도 고개를 들지 않은 채 한마디 했다.

그러자 수이도 중얼거리듯 말했다.

"오늘 왜 이렇게 어수선하냐."

교실 안에서 유일하게 서 있는 아이는 서현뿐이었다.

모두가 이 시간에 충실한 건 아니었다. 몇몇은 견디는 중이었다. 몇몇은 참고 있는 건지도 모르겠다. 같은 곳에 앉아서 같은 곳을 보고 있으면 내가 틀리지 않을 거라고 생각하는 것 같았다. 다름은 늘 불안과 함께했다. 불안은 틀릴 수도 있다는 의심을 가져왔다.

"빨리 가라……."

나는 낮은 목소리로 말했다.

"알았어. 가긴 가는데…… 네가 아픈 건 꼭 그것 때문이 아닐지도 몰라."

"뭐라고?"

서현은 내 물음에 더는 대꾸하지 않은 채 책상 사이를 걸어 교실 밖으로 사라졌다.

"쟤 뭐래니?"

교실 뒷문이 닫히자 미주가 그제야 고개를 들었다.

"너 어디 아파?"

수이도 뒤돌아 물었다.

"그런 거 아니야……."

수이의 관심이 부담스러워 서둘러 책을 보는 척했다.

"뭐가 중요하겠냐? 신경 끄자."

"하긴 중요하지 않지!"

누군가 말했고 누군가 그것에 동의했다.

"조용히 해라, 내일모레면 시험이거든!"

윤희가 조금 큰 소리로 말했다.

시험 이야기가 나오자 하나둘씩 입을 닫았다. 아이들은 아무 일도 없다는 듯이 책으로 시선을 돌렸다.

다시 처음으로 돌아갔다. 어제를 Ctrl C 해서 오늘 Ctrl V 한 것처럼 어제와 같은 오늘이었다.

교실 밖으로 이동하는 아이들이 줄어들었고 세계는 점차 조용해졌다. 책장 넘기는 소리, 의자를 고쳐 앉는 소리, 비염으로 훌쩍거리는 소리, 가끔 하품하는 소리와 함께 교실 안은 무르익고 있었다.

문득, 내가 같은 곳을 계속해서 읽고 있다는 걸 알아챘다. 게다가 정작 펴 놓은 책은 시험과는 무관한 기술가정이었다.

*문화란, 일정 지역을 중심으로 그 지역에 살고 있는 대부분의 사람들이 공통적으로 가지고 있는 물질적, 비물질적인 모든 것을 의미한다.*

정방형으로 앉은 우리는 어떤 물질로 이루어져 있고 어떤 비물질들로 사각형 교실을 채우고 있을까. 가정이 우리 나이 때 경험한 혹은 목격한 것은 무엇일까?

글자가 점차 커지며 시야 가득 들어왔다. 급기야 점점이 번지고 있다. 글자가 번져 무늬가 된다. 무늬는 수없이 많은 흰 점으로 복제되고 있다.

*Ctrl+V*

*Ctrl+V*

*Ctrl+V*

볼펜을 쥔 손의 흰 점이 팔목까지 올라왔다. 치마를 살짝 올려 허벅지에 핀 흰 점을 확인했다. 흰 점은 이제 손바닥만 했다. 숨어 있는 점들이 얼마나 커졌을지 보지 않아도 짐작할 수 있었다.

문득 교실을 둘러보았다. 아이들은 조금의 변화도 없이 제자리를 지키고 있었다.

그때였다. 미주의 오른쪽 얼굴에 커다란 흰 점이 보였다. 흰 점은 미주의 가무잡잡한 피부에 더더욱 도드라져 보였다. 윤희의 팔 언저리에 핀 흰 점은 마치 특별한 무늬처럼 보였고 수이의 목덜미 흰 점은 동전 크기만 했다. 어떤 아이는 입술 주위에, 어떤 아이는 콧등에 흰 점이 피어 있었다.

모두가 흰 점을 가지고 있었다.

눈을 비비고 다시 한번 아이들을 살폈다. 모두 같은 방향을 보고 있다. 몸 어딘가에 얼룩덜룩하게 흰 점을 품은 아이들의 머리는 직각으로 떨어져 있다.

그제야 알 수 있었다. 가정이 말한 것. 아이들은 모두 자기만의 흰 점을 품고 자기만의 세상에 홀로 웅크리고 있었다.

네모난 공간이 확 조여 온다. 흰 점은 자꾸만 커져 마침내 우리는 흰 점이 되었다. 흰 점들이 정방형으로 앉아 있다. 이윽고 칸칸이 들어찬 교실이 흰 점이 되었고, 흰 점이 된 교실은 흰 점이 된 학교로, 흰 점이 된 학교는 흰 점이 된 도시로, 흰 점이 된 도시는 거대한 흰 얼룩이 되었다.

그러니까 세상은 흰 얼룩이었다.

내게 보이는 것들을 다른 이들이 보지 못한다고 따지는 것이 얼마나 무의미한지 알아 버렸다. 그걸 따지기에는 나는 너무도 작은 얼룩이었으니까.

나는 그대로 책상에 엎드렸다. 머리를 모로 돌려 시선을 창밖으로 향했다. 교문을 나서는 점 하나가 보였다.

"정말 어디가 아픈 거야?"

누군가 물었다.

"아니."

"그런데 왜 엎드려 있어?"

"그냥……."

"조금 잘래? 내가 깨워 줄까?"

"아냐, 내가 알아서 일어날게."

누군가의 말이 귓가를 스쳤다.

서현의 이마에 쏟아지던 햇살이 내 손등에 닿았다. 흰 점이 햇살 속에 하얗게 빛났다. 눈이 부셔 눈을 감아야겠다.

# 탁경은 … 불명열

한 시간째 같은 행동을 반복한다. 세 번 접은 수건을 이마에 올린다. 안에 넣어 둔 얼음팩이 움직이지 못하도록 수건을 꽉 잡고 뒤집는다. 수건을 오른쪽 관자놀이와 왼쪽 관자놀이에 번갈아 대면 금세 뜨거워진다.

얼음팩이 든 수건을 만진 탓에 얼음장인 두 손을 바삐 움직인다. 차가워진 손등과 손바닥은 쓰임새가 많다. 손등을 등 뒤로 쑥 밀어 넣어 펄펄 끓고 있는 등을 식히고 뜨거운 겨드랑이와 갈비뼈와 배에는 손바닥을 갖다 댄다. 손이 도로 뜨거워지면 이번에는 코와 발이다. 열이 시작돼도 이상하게 코와 발끝만은 시리다. 싸늘해진 코를 손으로 부여잡은 채 두 발을 비벼 댄다. 열이 내리고 오한이 시작될 때까지 일련의 행동들을 기계적으로 반복한다.

지금 내게는 생각도, 계획도, 꿈도, 인간다움도 없다. 남아 있는 것은 오직 본능뿐이다. 조금이라도 열을 떨어뜨리려는 본능. 고통을 덜 느끼려고 몸부림치는 본능. 이 통증의 원인을 찾으려는 본능. 이것들만 남아 집요하게 내 곁을 지킨다.

증상이 시작된 후 나는 몸을 따라 하루를 산다. 언제 열이 오르고 내리는지, 언제 두통이 시작되는지, 언제 배가 부글부글 끓기 시작하는지, 언제 가스가 차는지, 그런 것들에 촉각을 곤두세운다. 공부는커녕 영화조차 보지 못한다. 엄마와 주말마다 외식을 하는 시간도, 친구 채은과 시시콜콜한 수다를 떠는 시간도 사라졌다. 고작 몇 주 사이에 그것들은 이제 손댈 수 없는 사치가 되어 버렸다.

저녁 열 시. 병실의 조명이 하나둘 꺼지고 옆 침대 할머니의 신음 소리가 시작된다. 할머니가 끙끙 앓으며 내는 소리가 마음을 어지럽히면 잠을 잘 수 없다. 일흔에 가까운 할머니는 나보다 훨씬 심한 열에 시달리고 있단다.

아프면 품위가 없어진다. 그래서 아프다는 건 구리다. '품위'가 어떤 뜻인지 정확하게는 모르지만 어쩐지 듣는 순간 딱 마음에 들었다. 그 단어를 처음 들은 날을 기억한다. 국어 시간이었고 수행평가로 안락사에 대한 찬반 토론을 했다. 논제를 정리하다가 샘이 목소리를 한번 가다듬고 이렇게 말했다.

"음, 품위 있는 죽음이란 말이죠."

품위 있는 죽음. 품위 있는 삶. 멋진 말이다. 나도 품위 있게, 폼 나게 살고 싶다. 그런데 지금은 요 모양 요 꼴이다. 하얀 바탕에 파란색으로 병원 이름이 써진 환자복을 입고 이름도, 효능도 알 수 없는 항생제를 맞는 하루하루. 중간고사 성적이나 막 데뷔한 아이돌 그룹은 머나먼 곳으로 자취를 감춘 인생. 식욕도, 밥맛도 완전 사라진 재미없는 시간의 반복. 먹다가 기절할 것 같은 매운 떡볶이나 야들야들한 떡에 딱 어울리는 간장떡볶이나 매콤한 소스 위에 쫀득한 치즈가 두툼하게 덮인 떡볶이는 아연히 멀어진 삶. 떡볶이성애자인 사람이 떡볶이가 별로 당기지 않는다니. 정말 어이가 없다.

병실의 이쪽저쪽에서 코 고는 소리가 번갈아 들리기 시작한다. 세상 모든 사람들이 깊은 잠을 자는 동안 나 홀로 깨어 있는 것만 같다. 할머니가 쌕쌕거리며 몸을 뒤척인다. 오늘 밤도 깊이 자기는 글러 먹은 것 같아 천천히 몸을 일으킨다. 손으로 커튼을 살짝 움켜쥐며 몸을 빼낸다. 사람들이 깨지 않도록 조심히 문을 열고 병실을 빠져나온다.

숨을 한번 내쉰 다음 킁킁거린다. 병원에서만 맡을 수 있는 냄새들이 콧구멍으로 밀려들어 온다. 산소에 냄새가 있다면 이런 냄새 아닐까? 아니면 소독약 냄새의 마지막 향이 이럴까? 시원하고 아릿한 복도 냄새에 코끝이 찡해 온다. 탄산음료를 마신 것처럼 톡 쏘는 냄새 뒤로 섬유유연제 냄새가 아련하게 풍긴다. 방금 복도를 지나간 사람이 남긴 냄새 같다.

그리운 사람들이 하나둘 떠오른다. 해도 그만 안 해도 그만인 잔소리를 쉴 새 없이 하는 엄마가 보고 싶다. 한번 얘기를 시작하면 밤을 꼴딱 샐 수 있는 채은의 활력과 송이의 달변이 그립다. 심지어 떠드는 아이들을 볼 때마다 못 잡아먹어 안달인 얼굴로 쏘아보는 담임마저도 보고 싶다. 그리고 얼굴을 본 적 없는 아빠마저도 보고 싶은 밤이다.

발걸음을 옮겨 병원 앞뜰에 있는 정원으로 향한다. 아무 생각 없이 정원을 거닌다. 상태가 심해지면서 점점 바보가 되어 가고 있다. 어떤 생각도 오래 할 수가 없다. 지금 내 머릿속을 채우고 있는 단어나 문장들은 이렇다. 열이 더 오를까 봐 무섭다. 잠을 자고 싶다. 졸리다. 집에 가고 싶다. 말을 잘하는 세 살 아이보다 못한 수준이다.

잠깐 열이 내리는 시간이다. 열이 내리면 잠이 쏟아진다. 벤치에 앉아 몸을 웅송그린다. 벤치 주변에 옹기종기 피어난 봄꽃들이 흐릿한 불빛 아래에서도 존재감을 드러낸다. 이래서 낮에는 정원에 발도 붙이지 않는다. 내 속도 모르고 앞다퉈 피어나는 꽃들을 보면 머리 꼭대기로 열이 확 솟구치니까.

벤치에 누워 잠을 자고 싶은데 갑자기 바람이 몰려온다. 세찬 황사 바람이다. 시원하다. 잔열이 남아 있는 몸 곳곳이 바람을 탐닉한다. 바람을 느끼며 나는 눈을 감는다.

바람아. 이 고통에서 멀리 도망칠 수 있게 나를 어디로든 데리고 가 줄래? 바람을 향해 부질없는 소원을 비는 순간 휘파람 소리가 들린다. 황사로 가득 찬 공기를 가르는 명징한 소리에 눈이 번쩍 뜨인다. 어디서 들어 본 적 있는 멜로디인데? 주변을 두리번거리자 벤치와 몇 미터 떨어진 곳에 사람이 보인다.

그 사람은 휠체어를 타고 있다. 내가 자기 쪽을 지그시 바라보자 휘파람을 불면서 내 쪽을 쳐다본다. 그와 눈이 마주친다. 나는 흠칫 놀라며 눈길을 돌린다. 애먼 나무를 보는데 그가 휠체어를 움직여 천천히 다가온다.

왜 내 쪽으로 오는 거지? 나를 지나쳐 병실로 들어가는 거겠지? 머릿속에 솟구친 생각들을 탁 쳐 내는 가벼운 목소리.

"안녕?"

뭐라고 대꾸해야 할지 몰라 망설이는데 경쾌한 목소리가 이어진다.

"고딩 같아 보여서 말 걸어 봤어. 나도 고딩이거든."

"아, 네."

그가 두 팔로 휠체어를 끌어 벤치 끄트머리에 세운다. 그와 나 사이에 충분한 간격이 있는데도 나는 슬며시 몸을 움직여 그와의 거리를 띄운다.

"말 편히 해."

잠깐 쉬고는 그가 다시 입을 연다. 아무래도 말이 많은 사람 같다.

"난 경추 골절. 하반신을 못 움직여서 재활치료 중. 넌?"

"불명열."

"그게 뭐야?"

"열에 시달리는데 원인을 모르는 상태야."

"불명열이라. 처음 들어."

"나도 그런 게 있는지 몰랐어."

대화를 하면서 새삼 깨닫는다. 맞다. 여기는 병원이고 우리는 환자지. 처음 만난 사람한테 경추 골절이나 불명열 같은 단어를 서슴없이 꺼낼 수 있는 곳. 하늘을 한번 올려다보고는 그의 얼굴을 물끄러미 들여다본다. 낯이 익은 얼굴이다. 어디에서 봤더라?

"밥은 잘 먹어?"

그가 물끄러미 밤하늘을 올려다보며 묻는다.

"열이 심할 땐 밥맛이 없어."

"그래도 여기 밥 끝내주는 편이야. 어제 나온 닭볶음탕 예술 아니었냐?"

"응, 뭐."

떨떠름한 내 반응에 그가 목소리를 높인다.

"잘 먹어야지. 우린 투 잡 뛰잖아."

"투 잡?"

"학생 겸 환자잖아. 투 잡이지."

뻔뻔한 말투에 웃음이 터진다. 내가 쿡쿡대자 그도 실실 쪼갠다. 슬슬 웃음기를 거두며 생각한다. 아주 오랜만에 웃는 거네. 그런데 솔직히 투 잡은 아닌 것 같다. 병원에 입원한 후로 나는 줄곧 환자이기만 했다. 수행평가는커녕 간단한 과제조차 한 적이 없으니까.

불현듯 어떤 장면이 끼어든다. 어린이 병동으로 향하는 길목에 놓인 그랜드피아노. 작은 홀 중앙을 차지한 피아노와 옆으로 옮겨 둔 피아노 의자와 그 자리를 대신 채운 휠체어. 입술을 실룩거리며 피아노 치는 일에 한껏 몰입한 얼굴. 건반을 누를 때마다 홀에 퍼져 나가던 모차르트의 피아노소나타. 그러고 보니 아까 그가 휘파람으로 부르던 노래도 모차르트 곡이었다. 피아노 선생님인 이모한테 딱 모차르트 몇 곡까지 배우고 피아노를 그만뒀었지.

그가 길고 가느다란 손가락으로 안경을 추켜올리며 나를 힐끗 본다.

"뭐가 제일 힘들어?"

나는 말을 고른다.

"원인을 알 수 없다는 거. 원인을 모르니까 해결책을 모른다는 거. 해결책이 없으니 언제 끝날지 알 수 없다는 거."

"그렇겠다."

그가 고개를 몇 번 끄덕거린다.

"너는?"

"나는……."

그도 나처럼 가만히 말을 고른다.

"다시 걸을 수 있을 거란 희망을 품는 거?"

휠체어 위에 얹어진 그의 두 다리를 천천히 내려다본다. 많이 앙상해 보인다. 어쩐지 내 다리보다 더 가는 것 같다.

나는 속으로 고개를 저어 댄다. 남의 불행에 내 불행을 견주며 안도감을 느끼다니. 이건 정말 옳지 않은데 병원에 온 뒤로 계속 그러고 있다. 이러는 스스로가 형편없는 쓰레기로 느껴진다. 하지만 나보다 아픈 사람을 보며 위안을 얻지 않으면 하루도 견딜 수 없는 게 병원 생활이라고 스스로 합리화를 해 버린다.

그의 말에 나는 적당한 대답을 찾지 못한다. 한동안 그와 나 사이에 침묵이 이어지지만 무겁게 느껴지지는 않는다.

"열이 심하게 오르면 지옥불에서 벌을 받고 있는 것 같아. 근데 다들 미열이래. 정상 수치래. 얼마나 힘든지 아무도 몰라주는데 계속 징징대기도 뭐해. 힘들다고 칭얼대는 나한테 질려 버리면 어떡해."

그가 다부지게 기지개를 켠다. 뼈가 우두둑하는 소리가 내 귀에까지 들린다.

"나도 그래. 이건 겪어 본 사람 아니면 모르는 거니까 아예 입을 다물게 돼. 엄마가 자꾸 걱정하니까 더 밝은 척 농담이나 하게 되고. 힘들 때마다 다 말했으면 종일 욕만 달고 있었을걸. 재활치료받을 때가 최고지. 선생님 앞에서 보란 듯이 움직이고 싶은데 그게 안 되니까. 와, 진짜 욕 나와."

그가 기지개 켜던 손을 찬찬히 내려 휠체어에 놓는다. 힘없이 늘어져 있던 그의 손가락들이 봄바람에 흔들거리는 들꽃처럼 살랑거리기 시작한다.

"열 때문인지 검사받느라 그런 건지 살도 4킬로나 빠졌어."

"CIC 알아? 요도에 관을 삽입해 소변을 배출하는 건데 완전 죽음이야."

"척수 검사 해 봤어? 안 해 봤으면 말을 마."

"너 저혈압이 얼마나 무서운지 모르지?"

그와 나는 서로 앞다퉈 고통을 늘어놓는다. 성적이나 해외여행 이야기를 하듯 통증 배틀을 이어 간다. 신기한 일이다. 낯선 사람에게 이다지도 솔직해질 수 있다니. 오래된 체증이 풀리는 느낌이다.

"그만 가 볼게. 엄마가 기다려서."

춤을 추듯 움직였던 그의 손가락이 휠체어 바퀴를 감싸 쥔다.

"오늘 반가웠어. 친구 필요하면 동관 2동에 와서 쭈노 찾으면 돼."

"쭈노?"

"간호사 샘들이 부르는 별명이야. 이름이 준호라."

"알았어. 나도 반가웠어."

그가 깡마른 손으로 경례를 날린 뒤 휠체어를 움직인다. 그가 사라질 때까지 나는 묵묵히 그의 뒷모습을 바라본다. 다시 바람이 분다. 바람이 실어 온 꽃의 향기가 그제야 맡아진다. 봄의 기운으로 막 피어나는 꽃들을 미워한 게 살짝 미안해진다. 그와 나눈 지질한 이야기들이 봄바람에 다 흩어져 버렸으면 좋겠다. 그래서 오늘 나눈 대화들이 두고두고 비밀이 되었으면 좋겠다.

나는 리넨 시트 속에 누워 있다. 입원실 침대의 천은 모두 하얗다. 그리고 사그락거리는 소리를 품고 있다. 간호사 샘이 체온과 혈압을 재러 온다. 어떻게 알고 그러는지 샘들은 내가 막 깊은 잠에 들려는 때 찾아온다. 그렇다고 불평할 수도 없다. 샘들은 주어진 일을 하는 것뿐이니까.

다시 열이 오르기 시작한다. 언제 열이 내렸나 싶게 몸이 화덕 안 피자처럼 후끈 달아오른다. 오른쪽 관자놀이로 기분 나쁜 열감이 파르르 치솟는다.

오늘 오후에는 단짝 친구인 채은이 병문안을 온다. 그동안 상태가 좋지 못해 나를 보러 오겠다는 채은을 몇 번 말렸다. 화장실 거울을 들여다본다. 낯선 여자애가 멀뚱멀뚱 나를 보고 있다. 다크서클이 더 짙어졌구나. 정리를 못 해 준 눈썹이 지저분하구나. 비비크림을 바르지 못한 피부톤이 리얼하게 샛노랗구나. 채은이 내 얼굴을 보고 민망해하면 어쩌지. 입에서 긴 한숨이 새어 나온다.

게다가 열이 심해지면 뇌에 심한 버퍼링이 걸린다. 말실수를 할지도 모른다. 멍청해진 게 티 날지도 모른다. 머릿속에 가득 들어찬 열감을 보여 주고 싶지 않다. 무슨 말을 꺼내야 우중충해 보이지 않을까 고민해 보지만 머리가 잘 돌아가지 않는다.

채은이 병실 문을 힘차게 열고 한달음에 달려온다. 나는 채은의 환한 웃음을 본다. 채은과 함께 딸려 온 바깥 냄새와 오후의 쨍한 햇살 냄새를 맡는다. 봄꽃의 향기를 닮은 건강한 사람의 생명 가득한 기운을 느낀다.

이런저런 이야기들로 수다를 떨다가 채은이 은밀한 목소리로 묻는다.

"송이 남친 생겼다는 소식 들었지?"

"그래? 몰랐어."

"단체톡에 올렸던 것 같은데, 아닌가? 미안."

"미안하긴. 지금 알았잖아."

"그래도."

채은이 어색하게 웃는다. 작년까지 채은과 송이랑 셋이서 뭉쳐 다녔다. 그러다가 송이만 다른 학교로 배정을 받으면서 벌써부터 연락이 뜸해졌다. 송이는 많이 바쁜지 병문안 이야기를 꺼내지 않았다. 송이 안부를 채은에게 더 묻고 싶지만 참는다.

채은이 반 아이들 이야기를 늘어놓는데 얼굴이 가물가물하다. 너무 학기 초에 증상이 시작돼 아이들 얼굴이나 이름을 파악하지 못한 탓이다.

개학 날 아침이 떠오른다. 낯선 학교, 낯선 교실에 들어서자마자 채은을 발견했다. 이런 행운 같은 우연이라니. 후다닥 채은에게 달려간 나는 채은과 손을 맞잡고 방방 뛰었다.

"사회 수행 같이하면 좋은데. 너 없어서 난 망했어."

채은이 내 팔을 흔들면서 우는소리를 낸다. 중학교 때 내 별명이 자료 조사의 신이었다. 내가 봐도 자료 조사 하나는 기깔나게 한다.

"과제가 어떤 건데?"

채은이 수행평가 이야기를 하는데 이해를 못 하겠다. 열 때문에 뇌세포가 죽어 버린 건지 오랜만에 복잡한 이야기를 들어서 그런지 머리가 멍멍하다.

만약 아프지 않았다면 채은과 같이 수행평가를 했을 텐데. 사진에 관심이 많은 채은을 따라 사진 동아리에 들고 채은이 가장 존경하는 사진작가 K의 전시회에 갔을 텐데. 아이돌 닮은 선배를 같이 좋아하고 쉬는 시간마다 매점에 달려가고 수행평가 점수에 짠 샘들 욕을 실컷 했을 텐데. 세상에서 가장 맛있는 떡볶이를 찾는 나의 꿈 때문에 채은은 매일 나와 같이 떡볶이를 먹어야 하는 신세인 걸 엄청 툴툴거렸을 텐데.

"너 수학여행 가기 전까진 낫겠지?"

"그렇……겠지?"

그래야 할 텐데. 중간고사를 마친 아이들이 수학여행을 앞두고 설레어하는 얼굴을 상상한다. 수학여행 때 입을 옷을 사기 위해 몰려다니는 아이들 틈에 나만 없는 상상을.

"그래도 체력검사 빠져서 부럽다. 아, 진짜 빡쳐서. 담임 진짜 싸가지야. 내가 멀리뛰기를 못하는 건 사실이지만 애들 다 보는 앞에서 뭐라고 했는지 알아?"

알지. 담임 재수탱이인 거. 그런데 그거 아니? 여기 있다 보면 그런 담임도 가끔 보고 싶어진단다.

"뭐라고 했는데?"

나는 진심으로 궁금해 되묻는데 채은이 입술을 한일자로 다문다.

"아, 미안. 이런 이야기 너한테 재미없겠다."

"무슨 소리야. 재밌어."

"몸 아픈 애한테 담임 욕이라니. 이건 좀 아닌 것 같아."

"완전 괜찮다니까. 얼른 말해 줘. 나 궁금해서 다른 병 생겨."

채은의 팔목을 잡고 흔든다. 채은은 잠깐 망설이더니 배시시 미소를 머금으면서 다시 수다를 이어 간다. 나는 고개를 끄덕이고, 채은의 손등을 두드리고, 맞장구를 치고, 감탄사를 연발하며 열심히 듣지만 갑자기 열감이 심해진다. 머리가 어지럽고 입이 바짝 타들어 가지만 절대 티 내지 않는다. 얼마만의 수다인데. 식은 땀이 줄줄 흐르고 속이 메스껍지만 참는다.

"맞아, 맞아."

내가 이렇게 대꾸를 하면 채은은 더 신이 나서 이야기를 늘어놓는다. 나는 속으로 기도한다. 채은이 어떤 낌새도 눈치채지 못

하기를. 한 시간의 수다도 힘겨워한다는 사실을 알아차리지 못하기를. 사랑하는 사람들이 아픈 나한테 질릴까 봐 잔뜩 겁먹고 있다는 걸 끝까지 모르기를.

어쨌거나 지금은 조금만 더 버티면 된다. 채은이 있는 동안만 아프지 않은 척하면 된다. 채은은 쉬지 않고 키득거린다. 채은이 날 버리면 은따가 될지 모른다는 걱정이 송곳처럼 찔러도 나는 히죽히죽 웃는다. 그러기 위해 초인적인 힘을 발휘한다.

열은 예고도 없이 찾아왔다. 처음엔 감기 몸살인 줄 알았다. 체온이 37.5도 언저리였을 때는 얼음팩으로 견딜 만했다. 하지만 38도까지 치솟자 온몸이 타들어 가는 듯했다. 타이레놀을 먹어 봤지만 잠깐뿐이었다.

동네 내과에서 피검사, 소변검사를 했지만 모두 정상이었다. 어렸을 때부터 다닌 단골 내과 의사는 큰 병원으로 가 보라고 했다. 입원하고 싶다고 하자 큰 병원 감염내과 의사는 '미열'로 입원하는 경우는 없다고 선을 그었다. 그런데도 내가 입원 의사를 굽히지 않자 딱딱한 얼굴로 그러라고 했다.

엄마는 열이 펄펄 끓는 나를 보며 마음 아파했다. 열이 심해 밥을 먹지 못하자 엄마는 공주까지 가서 구해 온 밤을 쪄 줬다. 신기하게도 밥을 통 먹지 못하는 날에도 밤은 몇 알 먹을 수 있었다. 어렸을 때부터 나는 밤을 유독 좋아했다.

"은정아, 밤 더 사 올까?"

나는 그러지 말라고 했다. 엄마가 집에서도, 회사에서도 얼마나 바쁜지 잘 알고 있었다. 처음 증상이 나타났을 때 엄마는 가벼운 감기겠거니 하며 감기약을 내밀었다. 증상이 갑자기 심해졌고 엄마한테 큰 병원에 가 보고 싶다고 졸랐다. 의학적으로 열이 아니니 곧 괜찮아질 거라고 의사가 말하는데도 내가 입원을 하겠다고 하자 엄마는 중간에서 난감해했다.

첫날은 엄마가 보호자로 내 곁에 있었지만 둘째 날부터는 혼자 검사들을 받았다. 엄마는 곁에 있어 주고 싶어 했지만 내가 그러겠다고 고집을 부렸다.

검사들이 이어졌다. 어마어마한 양의 피를 뽑았다. 복부 CT, 심장 초음파, 간 검사, 심전도검사, 구강 단층 촬영 등등 이름도 복잡한 검사들을 연이어 받았지만 모두 정상. 뭐니 뭐니 해도 가장 고통스러운 검사는 대장 내시경과 척수 검사였다. 대장 내시경 검사 후 몇 시간 동안 배가 빠개질 듯이 아팠다. 척수 검사는 등뼈 아랫부분에 커다란 주삿바늘을 쑤셔 넣어 뇌척수액을 채취한 뒤 여섯 시간을 꼼짝없이 누워 있어야만 했다.

이해가 가지 않았다. 이토록 커다란 병원에서, 일류 의술을 자랑한다는 한국에서 원인을 모르는 병이라니. 틀림없이 학창 시절 공부로 날렸을 의사들의 입에서 나오는 말이 '원인을 모르겠다'라니.

간호사 샘이 미는 휠체어를 타고 할머니가 들어선다. 샘의 도움으로 할머니는 간신히 침대 위에 몸을 눕힌다. 불명열은 원인을 알 수 없는 열을 일컫지만 의학적으로는 38.3도가 넘는 상태를 말한다. 아무리 힘들어도 38.3도가 넘지 않으면 의사들은 눈썹 하나 꿈쩍하지 않고 미열이라 한다. 나와 달리 의학적 불명열에 시달리고 있는 할머니는 오늘 골수 검사를 받았다고 했다.

"할머니, 괜찮으세요?"

"죽을 맛이구나."

얼마나 커다란 주삿바늘이 할머니 엉덩이뼈에 꽂혔을지 상상하고 싶지 않다. 이야기를 듣는 것만으로도 골수 검사는 공포 그 자체였다. 다행히 나는 골수 검사의 대상이 아니었다. 뼈에 있는 염증을 찾기 위한 MRI도, 불명열 검사의 마지막 단계라 불리는 비싼 PET CT도 할머니만 받았다.

"이 나이 되도록 열이 이렇게 무서운지 몰랐단다."

저도 이렇게 열이 사람 잡는 놈인지 몰랐어요.

"의사 선생 말이 이제 더는 해 볼 검사가 없다는구나."

간호사 샘이 할머니에게 항생제와 신경안정제를 투여하는 동안 대화는 잠깐 끊긴다. 샘이 나가자 할머니는 깊은 날숨을 토해 내며 한쪽 팔을 머리 위로 올린다.

"애야."

할머니의 나지막한 말소리는 어쩐지 쓸쓸하다.

"힘들지?"

나는 잠깐 머뭇거린다.

"힘들다고 말해도 이해받지 못하는 기분이 들더구나. 우린 다 각자 자기가 겪은 만큼만 이해할 수 있을 뿐이니까."

할머니의 메마른 목소리가 마음을 찌른다. 할머니 말에 위로를 받는다. 할머니가 천장으로 시선을 옮기고는 다시 입을 연다.

"다 알면서도 억울하고 서운한 마음이 슬쩍 또 올라와. 아들놈이 그러더구나. 금방 괜찮아질 거라고. 그런데 그 말이 마음에 와 닿지를 않아. 무성의하게 들려 괜히 서럽고 말이지."

그러고 보니 할머니는 자주 혼자였다. 할머니를 전담으로 챙겨 주는 보호자가 없어 보였다.

"아프니까 별게 다 서러워. 마음은 더 옹졸해지고 말이야."

맞아요, 할머니. 저도 그래요. 할머니 눈이 서서히 감긴다. 나는 커튼을 조용히 움직여 할머니와 나 사이를 가린다. 오늘 밤은 할머니가 신음 없이 깊은 잠을 자기를 바라면서.

좋은 꿈 꾸세요.

나는 소리 없이 입 모양으로 말한다.

"검사 결과 다 정상이네요."

병실을 찾아온 의사 샘은 차트만 뚫어져라 바라본다.

"퇴원하세요."

"아직 너무 힘든데요."

"더는 해 볼 수 있는 게 없네요. 시간이 지나면 좋아지기도 하니까."

의사는 나를 힐끗 보곤 다시 검사지에 눈길을 고정시킨다. 방금 던진 마지막 말이 아픈 환자에게 해 줄 수 있는 최선의 말인지 묻고 싶지만 입이 떨어지지 않는다. 어안이 벙벙할 뿐이다.

"그럼 어머님, 퇴원 수속 하세요."

엄마한테 그 말을 남기고 의사는 병실을 휙 나간다. 더는 해 볼 검사가 없으니 퇴원하는 것이 합리적일 텐데 어쩐지 버림받는 느낌이다. '이제 네 몸은 우리 관할이 아니니까 네가 알아서 해.' 이런 말을 들은 기분이다.

엄마가 퇴원 수속을 밟으러 원무과에 간 사이 짐을 챙긴다. 서랍장을 열어 잡다한 물건들을 꺼내는데 할머니 서랍장 위에 놓인 돋보기안경이 눈에 밟힌다. 엄마 안경을 닦던 습관 때문에 무심코 얼룩진 안경을 닦아 두면 할머니는 어쩌면 그렇게 손이 야무지냐고 칭찬해 줬다.

얼룩덜룩한 안경에 손을 대려다가 멈칫한다. 코끝으로 내려온 안경을 추켜올리던 깡마른 손가락이 떠오른다. 쭈노! 퇴원하기 전에 준호에게 작별 인사를 하면 좋을 텐데.

동관 2동에 도착해 간호 스테이션을 어슬렁댄다. 단발머리 간호사 샘이 내게 말을 건다.

"누구 찾아왔니?"

"준호…… 쭈노요."

샘은 1층 재활치료실에 가 보라고 알려 준다. 엘리베이터를 타고 내려간다. 재활치료실 앞에 멈춰 선다. 통유리 너머로 치료실 안에 있는 준호가 보인다. 준호는 이상하게 생긴 기계에 묶여 땀을 뻘뻘 흘리고 있다. 무척 힘이 드는지 얼굴이 잔뜩 일그러진 채다. 준호의 얼굴에서 눈물인지 땀인지 모를 물줄기가 하염없이 흘러내린다.

'보란 듯이 움직이고 싶은데 그게 안 되니까. 진짜 욕 나와.'

준호의 목소리가 떠오른다. 경쾌했던 목소리와 힘겨워하는 표정이 오버랩된다. 통유리로 다가갈까 하다가 관둔다. 준호를 방해하고 싶지 않다. 지금 준호는 자기와의 싸움을 하는 중이고 나는 그 싸움에서 준호가 이기기를 간절히 바라니까. 그 과정에서 느끼는 고통은 나의 것과 다를 거고, 우린 다 자기가 겪은 만큼만 이해할 뿐이니까.

실은 준호에게도 말하지 못한 것이 있다. 내가 가장 무서워하는 시간에 관한 이야기다. 웃기게도 가장 무서운 시간은 열이 잠깐 내리는 순간이었다. 열이 사라지면 불안했다. 이 꿀 같은 시간이 금방 사라져 버릴까 봐, 열과 함께 타는 듯한 통증이 다시 밀려들까 봐 조바심이 났다. 그리고 두려웠다. 지금 내가 빼곡히 느끼는 이 고통의 시간들이 의사 샘이 들여다본 결과지보다 의미

없을까 봐. 그래서 영영 이해받지 못한 채로, 내가 불명열을 통해 느낀 모든 것들이 시간과 함께 휘발되어 버릴까 봐.

짐을 다 챙겨 놓고 화장실에 들른다. 변기에 앉아 벽에 걸린 수건을 멍하니 바라본다. 열린 문틈도 없는데 수건이 움직이고 있다. 그 작은 움직임을 골똘히 들여다본다. 내가 변기에 앉기 전에 수건을 건드린 걸까? 아니면 화장실 문이 닫힐 때 일어난 바람에 흔들리기 시작한 걸까? 어떤 힘으로 수건이 움직이는지 알 수 없지만 그 움직임을 보고 있으니 어쩐지 마음이 편안해진다.

주머니에서 스마트폰을 꺼냈다. 오전에 송이한테서 톡을 받았다. 작사가가 꿈인 송이는 가끔씩 자기가 좋아하는 노래 가사나 시 구절을 톡으로 보내곤 했다.

— 수건은 젖었던 순간들을 기억한대.*

송이의 연락을 받아 기뻤다. 안도감이 밀려들었다. 수건이 젖었던 순간을 기억하듯, 송이는 나와 함께한 시간을 기억하고 있었다. 준호도 나와 이야기 나눈 시간을 기억해 주면 좋겠다. 할머니도 자기 안경을 닦아 주던 내 손을 기억해 주면 좋겠다. 그럼 나는? 이 병원을 나서면 나는 어떤 걸 기억하는 사람이 될까?

이 열의 원인이 무엇인지 모른다. 언제까지 열이 날지 알 수 없

* 이원하 시 「환기를 시킬수록 쌓이는 것들에 대하여」에서.

다. 열이 떨어지지 않는 한 또 고통스러운 시간을 보낼 게 빤하다. 분명 힘들겠지만 그 시간을 오롯이 기억하고 싶다. 온전히 이해하고 싶다. 그럴 사람은 나밖에 없으니까.

자료 조사의 신이 될 수 있었던 것은 내 성격이 무지 급하기 때문이다. 꼼꼼함과 다급한 성격이 만나 찰나의 순간에 엄청난 자료 조사를 해치워 버릴 수 있었던 거다. 성격 급한 내 안의 일부는 이렇게 속절없이 아픈 내가 무지 못마땅하다. 하지만 어쩌겠나. 이 몸의 주인은 나인데. 평생 데리고 살아야 하는 녀석인데.

엄마가 공주까지 가서 구해 온 밤의 맛이 새록새록 떠오른다. 포슬포슬하게 잘 쪄진 밤이 혀에서 사르륵 녹아내리면 고소함이 입 안 가득 퍼져 나갔지. 집에 가면 엄마한테 밤을 사 달라고 졸라야겠다. 그 어느 때보다 맛있게 밤을 쪄 달라고 해야겠다.

송 미 경 … 나는 길 위에

사람들이 길에서 나를 보았다고 내게 말하기 시작한 것은 중학교에 입학한 직후다.

나와 가장 친한 두 친구도 길에서 나를 보았다. 혜리의 말에 따르면 토요일 오후 세 시 경에 내가 횡단보도 앞, 아직 눈 쌓인 길에 서 있었다고 했다. 신호가 바뀌면 곧 인사를 나누게 되리라 생각했는데 나는 신호등을 한번 본 뒤 마치 다른 길이 떠올랐다는 듯 돌아서 골목으로 들어가 버렸다는 것이다. 성호는 일요일 정오에 부모님의 차를 타고 구민회관 앞을 지나가다 신호에 걸렸을 때 걷고 있는 나를 보았다. 차창을 내리고 나를 부를까 생각하는 순간 내가 오른쪽 길로 방향을 바꾸어 가 버려서 그러지 못했다고 한다.

— 분명히 너였어. 제니도 우체국 건너편에서 널 봤다던데. 손을 흔들고 이름을 불렀는데 네가 알은체도 안 하더라는 거야.

혜리가 음식 씹는 소리를 내며 말했다.

— 하지만 그건 내가 아니라는 걸…….

— 나는 알고 있지. 성호도 알고 있고.

혜리의 말소리는 음식 씹는 소리에 묻혀 제대로 들리지 않았다.

— 나랑 통화할 때마다 넌 뭘 먹고 있더라.

전화기를 통해 음식 씹는 소리를 들으면 귀가 가려운데 혜리는 식사 시간을 골라 내게 전화를 하는 듯했다. 나는 늘 그 소리가 싫었지만 늘 참고 넘어갔다. 친구니까.

— 샐러드 먹고 있어. 이제 사과도 먹을 거야.

— 어쨌든 내가 아니야. 그건.

— 그래그래. 그런데 제니 말이야, 걔 실내 암벽 등반 시작했대. 완전 멋지지 않니?

— 응, 그렇네.

— 제니가 반전 거울 샀는데 그걸로 보면 얼굴이 진짜 못생겨 보인대. 학교에 반전 거울 가져온댔어. 너도 네 얼굴 봐.

— 그거 알아. 나도 비춰 본 적 있어.

— 어땠어?

— 다른 사람 같았어. 완전히 다른 사람.

— 제니가 그러는데 그게 남이 보는 진짜 자기 얼굴이래. 정말 충격이야.

혜리는 제니에 관해 몇 가지 이야기를 더 하다가 드라마를 볼 시간이라고 전화를 끊었다.

따지고 보면 세상엔 닮은 사람이 정말 많다. 예를 들면 우리 국어 선생님은 화가 데이비드 호크니가 그린 부모님 그림 중 엄마와 똑 닮았고, 우리 엄마는 마리 퀴리와 닮았고, 작은 이모는 레고 인형을 닮았다. 혜리는 조금 떨어져서 보면, 우리 동네 도넛 가게 아줌마의 딸이라고 해도 될 만큼 긴 팔다리와 작은 얼굴이 닮았고, 성호는 성호 동생과 거의 판박이 수준이다. 우리 외할아버지는 천 원짜리 지폐에 있는 위인의 모습 그대로이고. 눈이 좀 더 작기는 하지만, 우리 외삼촌은 소설가 카프카의 사진 속 표정과 똑같은 표정으로 인상을 찌푸리곤 한다.

그러니 내가 누군가와 닮은 것은 놀라울 게 없는 일이다. 하지만 내가 가지 않은 길에서 나를 보았다는 사람들이 늘자 나는 길을 걷다가 주변을 둘러보는 버릇이 생겼다. 혹시 그 애를 나도 발견할 수 있을까 해서다. 사람들에 따르면 나는 길에서 발견되었다. 내가 모르는 나는 언제나 어디론가 가고 있는 중인 것 같았다.

몇 번은 나를 보았다는 애들과 사소한 말다툼이 생기기도 했지만 내가 그 문제를 대수롭지 않게 넘길 수 있었던 건 혜리와 성호가 있었기 때문이었다. 혜리와 성호가 그게 내가 아니라는 걸 알고 있다고 말해 줄 때면 사람들의 오해 정도는 아무것도 아니라고 느껴졌고, 심지어 이 세상에 나로 보일 만한 누군가가 몇 더 있어도 괜찮을 것만 같았다.

혜리와 성호와 나의 초등학교 6학년은 정말 지긋지긋한 날들이었다. 5학년 때까지 우리와 단짝이던 타로가 거친 아이들의 무리에 들어가더니 앞장서서 성호를 괴롭히기 시작했기 때문이다.

다른 반이 된 혜리와 나는 아무것도 못 하고 그 모습을 보기만 했다. 한 번쯤 타로가 우리에게서 돌아선 이유를 물어봤어도 좋았겠지만 결국 그러지 못했다. 이상하게도 그땐 셋이 함께 등하교하는 것 외에 우리가 서로를 위해 할 수 있는 건 아무것도 없다고 생각했다. 그러다가 우리가 타로와 다른 중학교로 배정받았을 때 우리는 촌스러운 교복이나 낡은 학교 건물에 대해 투덜거리는 다른 애들과 달리 그저 타로와 떨어지게 되었다는 사실만으로 손잡고 제자리 뛰기를 할 만큼 기뻤다.

우리가 중학교에 입학할 무렵 동네의 빈 공장 건물 뒤로 새로운 산책로가 생기게 됐다. 이미 산책로와 공원이 있어서 새로운 산책로가 생기는 것엔 아무도 관심이 없었다. 검은 개들만 오갈 것 같은 그 길에 나무를 심고 가로등을 켠다고 해서 사람들이 그 길을 다닐 것 같지도 않았다.

공사는 한동안 분주히 진행되다가 선거철이 지나고 나서 중단되었다. 그 길이 정확히 구와 구 사이의 경계에 있고 각 구에서 예산 문제로 서로 책임을 미룬다는 소문이 어른들 사이에 돌았다. 아이들 사이에선 땅을 파헤칠 때 개 뼈가 한 무더기 발견되어 공사를 멈춘 것이라는 괴담이 떠돌았다. 돌이켜 보면 그 어떤 소문이든 수군거릴 것이 필요한 사람들이 만들어 낸 것에 불과했다.

결국 그 길은 양쪽에 가로수가 심기고 잔디 블록이 반쯤 깔린 상태에서 공사가 멈췄다.

우리가 그 길에 처음 들어선 날은 중학교에 올라와 첫 시험을 치른 날이었다. 잘 봤을 리는 없지만 첫 시험이 끝나자 우린 어디든 돌아다니고 싶어졌다. 딱히 어디로 가야 할지 모르고 있을 때 혜리가 도에서 주최하는 청소년 창안 대회에 팀으로 참가하자는 이야기를 했다. 청소년의 눈높이로 본 생활 속 불편 개선 아이디어와 도에 바라는 점을 제출하면 되는 거였는데 1등을 하면 도지사에게 상장을 수여받고 상금도 백만 원을 받을 수 있다고 했다. 우린 공모전에 낼 아이디어가 떠오른 것도 아니면서 상금을 받으면 그걸로 무얼 할지 궁리했고 그러다 보니 마치 우리에게 내일 당장 백만 원이 생길 것만 같았다.

이야기를 나누며 걷다가 우리는 문득 그 길 입구까지 온 사실을 알았다.

"우리가 왜 이쪽으로 왔지?"

성호가 말했다.

"온 김에 이 길에 대해 개선 제안을 해 보자."

혜리가 말했다.

우리는 누가 먼저랄 것 없이 그 길로 들어섰다.

그때 우리는 마을에 호수를 만들거나 전철역을 하나 더 세울 수도 있을 것 같은 자신감으로 가득했고 우리 중 누구도 그 과장된 희망에서 벗어날 생각이 없었다.

잔디 블록이 깔린 길을 걷던 우리는 맨땅이 드러나는 지점에서 멈췄다. 오전에 내린 비로 아직 질척거리는 맨땅에 발을 딛을 것까진 없어서였다.

"어? 저건 분명."

혜리가 멈춰 서며 말했고 그때 굵은 빗방울이 떨어지기 시작했다. 갑자기 젖은 수건처럼 무거운 빗줄기가 우리의 몸을 휘감았다. 순간 온 세계가 회색으로 변했다. 앞을 볼 수 없을 정도였다. 내가 쉽게 펼쳐지지 않는 장우산을 펴기 위해 바닥에 우산을 내리치는 사이 우리는 이미 온몸이 푹 젖었고 거센 빗줄기 때문에 우산대를 곧게 잡고 서 있기도 힘들 지경이었다. 우리 셋은 우산대를 부여잡고 조금씩 몸을 틀며 웃어 댔다.

흙냄새와 풀 냄새가 진동했고 빗소리에 귀가 따가웠다. 이가 어긋나서 삐죽거리는 잔디 블록 길을 되돌아 걸었다. 우산을 잡은 손에 조금만 힘을 빼도 우산이 뒤로 젖혀질 것 같았다.

우리는 학교 앞 지붕이 있는 버스 정류소 부스 안에 들어와서야 우산을 접고 한숨을 내쉬었다.

"가방에 넣어 놨었는데 꺼낼 틈이 없었어."

성호가 그제야 가방에서 접이식 우산을 꺼냈다.

"아까 걔는 우산도 없었어."

혜리가 말했다.

"누구?"

내가 물었다.

"그 길에 서 있던 애. 너랑 똑같은 애."

혜리가 말했다.

"진짜 똑 닮았더라고. 그냥 너였어, 너. 자세히 보지는 못했지만 말이야."

성호도 말했다.

"난 그때 우산 펴느라 정신없었어."

그사이 비는 거짓말처럼 그쳤고 우리는 젖은 몸을 말리며 집으로 돌아왔다.

직접 보지는 못했지만 사람들이 나라고 말하는 누군가가 처음으로 내 가까이 다가온 날이었다.

내가 그 아이를 본 것은 우리 집이 이사를 하던 6월 중순의 금요일이었다. 그날은 나와 오빠와 동생 모두 등교 수업을 하는 날이었다. 우린 하는 수 없이 원래 살던 집에서 등교하고 새집으로 하교하기로 했다. 새집에서 학교까지 전학을 할 만한 거리는 아니어서 우리 삼 남매는 모두 다니던 학교에 그대로 다니기로 했다. 새집과 학교를 오가는 가장 짧은 길은 공사가 멈춘 그 길이었다.

"차라리 마을버스 타고 다니지."

혜리가 말했다.

"그 길로 곧장 가면 되는데 뭐. 난 버스 답답해서 앞으로도 걸어 다닐 생각이야."

"제니 생일 파티 정말 안 갈 거야? 놀다가 가. 우리가 데려다 줄게."

성호가 말했다.

"오늘 숨 쉬는 게 조금 어려워. 빨리 집에 가서 쉬는 게 낫겠어. 아침에 이삿짐센터 와서 일 시작하는 거 보고 나왔거든. 그때 먼지를 좀 마신 것 같아."

"그래도 제니 생일 파티에 초대받아 놓고 안 가면 어떻게 해."

혜리가 말했다.

"하필 오늘 같은 날 아프냐. 심하지 않으면 그냥 같이 가."

성호가 말했다.

"심하니까 그렇지."

나는 그렇게 말하고 앞서 걸어와 버렸다. 아이들도 더는 붙잡지 않았다.

아픈 게 내 잘못도 아닌데 생일 파티 이야기만 하는 친구들이 서운하게 느껴졌다.

초등학교 입학하면서부터 늘 함께 등하교하던 친구들과 처음 떨어지는 것이었다. 우린 방과 후 수업 시간표까지 맞춰 매일 꼭 붙어 다녔고 혹시 한 명에게 다른 일이 생기면 둘이서라도 꼭 같이 집에 왔다. 그것은 우리에게 마침표 같은 것이었다. 그렇게 해야 할 것 같고 그렇게 해야 편안한, 사소하지만 완전히 몸에 배어 버린 습관이었다.

마을버스로 일곱 정거장 거리는 가깝고도 멀었다. 오가는 길이 익숙하지 않은 데다가 처음 혼자 하교하는 거라서, 내키지는 않았지만 길을 헤매지 않기 위해 지름길인 그 길로 들어섰다.

거기 그 아이가 서 있었다. 등을 나무줄기에 댄 채 눈을 감고 먼 곳을 보고 있었다. 내가 눈을 감았다는 표현과 먼 곳을 보고 있었다는 표현을 함께 쓰는 것은 정말 그 말이 아니고서는 그 표정을 설명할 수 없기 때문이다.

아무것도 보고 있지 않은 듯한데 먼 곳을, 혹은 모든 것을 보고 있는 것 같은 그 표정을 보는 순간 나는 이제까지 한 번도 본 적 없는 진짜 나를 본 듯한 기분이었다. 나는 사람들이 말하던 또 다른 내가 그 아이라는 것을 바로 알아볼 수 있었다. 외모만의 문제가 아니었다. 마치 내 몸에 밴 오래된 습관이나 몽상, 내 몸과 마음이 자라며 내게 자연스럽게 덧입혀진 나의 특성들을 그대로 담고 있는 듯했다.

나는 그 아이 앞을 조심스럽게 천천히 지나며 그 아이가 나를 봐 주기를, 한편으론 그 아이가 나를 보지 않기를 바랐다. 나는 발소리가 나지 않게 애쓰며 그 길을 빠져나왔다.

그날 밤 침대에 눕자마자 우리의 단톡방에 글을 남겼다. 인사도 하지 않고 집으로 왔던 게 마음에 걸려서.

— 나 그 애 봤어. 나를 닮은.

— 사람들이 왜 오해했는지 알고 나니 좀 속이 시원하더라. 정말 나 같았어.

혜리와 성호가 확인하지 않은 상태였지만 나는 계속 글을 남겼다.

— 내일 우리 집에 올래? 엄마 아빠 외출하신대.

— 제니 생일 파티에선 뭐 먹었어?

잠들기 전까지 몇 번 단톡방에 들어갔지만 아무도 글을 읽지 않았다.

토요일과 일요일이 지나는 동안, 그러니까 제니의 생일 파티에 다녀온 뒤로 혜리와 성호는 우리의 단톡방에 한 번도 들어오지 않았다. 우린 거의 매일 셋이 함께 단톡을 하고 매일 만나고 심지어 휴일에도 함께 돌아다녔기 때문에 겨우 이틀 동안 연락이 되지 않았는데도 매우 길게 느껴졌다. 천식약을 먹고 깊이 잠들었다가 깬 뒤에도 아무 대답이 와 있지 않은 것을 보았을 때 나는 어쩐지 더는 톡을 남기기 어려웠다.

월요일은 온라인 수업이라 우리 모두 학교에 갈 필요가 없었다. 내가 초등학교를 졸업할 즈음 세계적으로 전염병이 돌았고 수업의 대부분은 온라인으로 진행되어 학교는 격주로만 가고 있었기 때문이다.

그 무렵 나는 더 자주 천식으로 고생했다. 갑자기 기관지가 좁아지며 숨이 차고 가슴에서 색색거리는 소리가 나며 호흡곤란이 오곤 했다.

화요일 아침 천식이 심해서 결석하고 집에 누워 있을 때 담임 선생님으로부터 전화가 왔다.

"어디니?"

"집이에요, 선생님. 오전에 엄마가 전화드리셨……."

"부모님 바꿔."

선생님 목소리에 힘이 들어가 있었다.

"지금 집엔 오빠랑 동생만 있어요. 엄마 아빠는 출근하셨어요. 무슨 일이세요?"

"내가 교문 앞 횡단보도에서 널 봤어. 그런데 집이라는 거니?"

"네, 집이에요."

"이번이 두 번째야, 네가 결석한 날 널 학교 앞에서 본 게."

"진짜예요. 저는 오늘 집에만 있었고 지금도 집이에요."

목이 멨다. 나는 어제 병원에 다녀왔고 오늘은 어제 처방받은 약을 먹으며 집에만 있었다. 하지만 내가 무슨 말을 해도 믿지 않을 터인데 조금 더 길게 설명하는 것이 무슨 의미가 있을까 생각되어 더는 말하지 않았다.

"부모님께 직접 연락할게."

선생님은 그렇게 말하고 전화를 끊었다.

이런 식의 오해를 몇 번 겪어서 조금 무뎌질 만도 한데 그렇지 않았다. 담임 선생님은 평소 내게 다정했기에 나는 더 속상했다. 전화를 끊고 나자 가슴이 조여 오며 숨쉬기가 조금 더 어려워졌다. 천식 때문만은 아니었다.

그날 밤 나는 내 글을 읽지도 않는 혜리와 성호의 단톡방에 또 글을 남겼다.

— 담임 샘이 나를 봤대. 내가 학교 앞을 지나갔다는 거야. 너희들은 알잖아. 그건 내가 아니라는 걸.

아무도 내 글을 읽지 않았고 아무도 내 글에 답하지 않았다. 문득 성호와 혜리의 알고 있다는, 나를 믿는다는 그 말이 사실이 아닐지도 모른다는 생각이 들었다.

나는 인스타를 열었다. 방금까지 혜리와 성호가 제니의 게시물에 하트 표시를 누르고 댓글도 주고받은 흔적이 있었다. 단톡방에 혹시 무슨 일이 있냐고 물었지만 혜리와 성호는 여전히 내 글을 확인하지 않았고 나는 몇 번 더 단톡방을 확인하다가 다시 잠들었다. 이상하게도 전화를 걸 용기가 나지 않았기 때문이다.

아침에 깨었을 때 조금 더 숨쉬기가 힘들었고 눈동자도 충혈되어 있었다.

"오늘 몸은 좀 어때?"

방을 나서는데 출근 준비를 마치고 커피를 마시던 엄마가 물었다.

"약 먹었으니 좀 나아질 것도 같아. 오늘은 학교 가는 날이니까 가려고."

"당분간 더 조심해야겠어. 오늘도 집에서 쉬는 게 좋겠어."

"아니야, 갈 만해."

어제보다 더 숨쉬기가 힘들다는 말은 하지 않았다. 성호와 혜리를 보러 학교에 가야 했기 때문이다.

"조금 여유 있는데 학교까지 태워다 줄까?"

엄마가 등을 쓸어 주며 말했고 나는 고개를 끄덕였다.

"선생님은 오해 푸셨을 거야. 걱정하지 말고."

엄마가 그렇게 말하자 갑자기 눈물이 쏟아질 것 같았다.

"이 동네에 널 쏙 빼닮은 애가 있나 봐. 얼마나 닮았으면 선생님이 두 번이나 혼동하시겠니? 네 친구들도 종종 그런 이야기 했었다며."

나는 구운 빵에 버터를 바르며 피아노 학원 선생님을 떠올렸다.

학기 초 피아노 학원에서 고양이를 기르기 시작하며 천식이 심해진 나는 학원을 그만둘 수밖에 없었고 몸이 좀 나아지면 언제든 다시 다니려고 생각하고 있었다.

학원을 그만둔 지 한 달 정도 지나갈 무렵 선생님에게서 문자가 왔다. 내가 건강상의 이유로 피아노 학원을 못 다니게 되어서 매우 아쉬웠는데 어떻게 옆 건물 피아노 학원에서 문을 열고 나올 수 있냐는 것이었다. 그건 내가 아니라고 답장을 보냈지만 선생님은 답을 하지 않았다.

등굣길에 학교 후문에서 아이들을 만났다. 그중엔 혜리와 성호가 있었는데 나를 반기는 내색이 없어서 먼저 인사를 건네기 힘들었다.

"내 생일 파티 날 뭐 했어?"

제니가 성큼 다가와 물었다.

"집에 있었어. 종일."

내가 대답했다.

"그럼 우리가 본 건 누구니? 그냥 내 생일 파티 오기 싫다고 말하면 될 걸 왜 아프다고 하고 개네를 만난 거야?"

제니가 말했다.

"그날 널 봤어. 네가 타로 무리를 따라 우체국 사거리 쪽으로 가는 거."

제니가 말했다.

나는 혜리와 성호를 보았다. 사실 난 다른 아이들이 뭐라든 상관없었다. 늘 그래 왔던 일이니까.

"혜리야, 성호야, 너희도 그 앨 봤어?"

혜리와 성호는 대답하지 않았다.

"너희는 알잖아. 내가 아니라는 걸."

다시 말했지만 혜리와 성호는 대답하지 않았다.

그 순간이 아주 길게 느껴졌다. 결국 답을 기다리던 내가 말했다.

"그래, 나였구나. 너희들 생각엔."

나는 혜리와 성호를 번갈아 본 뒤 아이들 사이를 가르고 지나갔다.

타로 무리와 어울려 걸어간 애가 나인지 나를 닮은 애인지 같은 건 중요하지 않았다. 내 유일한 친구들이 더 이상 나를 믿지 않는다는 사실만이 중요했다.

친구들을 뒤로하고 걷는 동안 서서히 잠에 빠져드는 기분이었다. 깨어 있는 것도 잠든 것도 아닌 상태로 고개를 숙이고 한 걸음씩 내딛었다. 그렇게 걷다가 문득 꿈에서 깬 듯 고개를 들었을 때 나는 그 길 앞에 서 있었다. 어쩌면 내가 원래 혼자였을지도 모른다는 생각이 들었다. 조금 눈물이 날 것 같았다.

그 아이가 서 있던 그 나무에 다다랐다. 나는 나무줄기에 등을 기대고 섰다. 문득 맑은 하늘에 아주 작은 조각구름 하나가 혼자 떠 있는 것이 보였다. 조각구름은 멈춘 듯 보였지만 가만히 지켜보니 조금씩 바람의 길을 따라 흐르고 있었다. 그 움직임을 보고 있으니 가슴에 맺혀 있던 엉킨 실뭉치들도 조금씩 풀어져서 바람을 따라 흘러갔다. 이상하게도 내가 혼자라는 게 조금도 어색하게 느껴지지 않았다.

나는 나무줄기에서 몸을 떼고 깊게 숨을 뱉었다. 숨쉬기가 한결 편했다.

어깨를 펴고 조금 빠르게 걷기 시작했다. 그 길을 걷는 동안 참

새들이 내는 소리를 들었고 나뭇잎이 바람에 잎을 비비적거리며 내는 소리를 들었고 풀벌레 우는 소리 같은 걸 들었다. 나무 그림자와 햇살이 교차하며 만들어 낸 사다리 같은 그림자를 보았고 잔디 블록 사이로 올라온 잡풀들을 보았다. 혼자일 때 더 잘 볼 수 있는 희미하고 작은 것들과 혼자여야만 들을 수 있는 세미한 소리들이 내게로 온 것이다.

집에 도착해서 가방도 내려놓지 않은 채 나는 단톡방에 들어갔다.

— 그게 나였는지는 이제 중요하지 않아. 그리고 이 단톡방은 나갈게.

나는 그 문장을 적고 단톡방에서 나왔다.

“요즘 혜리와 성호 안 만나니?”

엄마가 말했다. 일요일 오후 온 가족이 모여 만두를 빚고 있을 때였다.

“응. 이제 친구 아닌 것 같아.”

내가 대답했다.

“친구끼리 싸우기도 하고 멀어졌다 가까워지기도 하고 그러는 거지.”

아빠가 말했다.

“친구 꼭 안 사귀어도 돼.”

동생이 말했다.

"물론 사귀어도 되고."

오빠가 말했다.

만두를 빚는 내내 그런 이야기가 오가다가 아빠는 내가 친구 문제로 고생하는 건 한 번도 못 봤으니 이번에도 잘 해낼 거라고 말했다.

나는 다른 때보다 더 정성껏 만두피가 맞닿는 부분을 봉했다. 만둣국을 끓이면 꼭 속이 터지는 만두가 있었고 그때마다 내가 빚은 만두가 아닐까 생각했기 때문이다.

저녁으로 만둣국을 먹고 동생과 아빠는 새로 산 휴대용 노래방 마이크로 노래를 불러 댔다. 엄마는 그 와중에도 독서를, 오빠는 헤드셋을 끼고 전자 피아노 연습을 하고 있었다. 어쩐지 그 모든 풍경이 아주 고요하게 느껴졌다.

학교에서는 혜리와 성호를 마주쳤지만 우린 처음부터 모르던 아이들처럼 행동했다. 멀리서도 서로를 알아보곤 피했다. 그렇게 오래 함께 걸었던 시간은 다 어디로 갔을까도 싶었지만 나는 그 모든 기억이 그냥 내 옆을 천천히 걸어가도록 두었다. 그러는 사이 나는 혼자 걷는 그 길에 익숙해졌다. 처음으로 나 자신과 함께 있는 기분이었다.

장마가 끝나지 않은 요즘 그 길은 다시 공사가 시작되려는지 잔디 블록이 걷힌 채 맨땅이 드러나 있었다. 나는 망설이지 않고 곧장 그 길로 들어섰다. 걷기 시작했을 때부터 조금씩 내리던 빗방울이 거세지고 신발 위로 진흙물이 튀어 올랐다. 굵은 빗줄기에 세상 모든 소리가 잦아들었다.

길의 끝 무렵에 와서야 나는 고개를 들었다.

거기 그 아이가 서 있었다.

그것이 나이건 나와 닮은 누구이건 조금도 중요하지 않은, 이제까지 한 번도 제대로 마주 본 적 없는 내가 서 있었다. 완성된 적 없이 이제 막 다시 허물어진 길 위에.

# 이 책을 읽은 청소년 여러분에게 … 외로움의 습도

독자 여러분, 안녕하세요? 문학동네는 지난 2014년부터 『관계의 온도』 『내일의 무게』 『콤플렉스의 밀도』를 시작으로 청소년 독자를 위한 테마 소설집을 출간해 왔습니다. 2015년에는 『존재의 아우성』 『중독의 농도』, 2018년에는 『사랑의 입자』 『불안의 주파수』, 그리고 2021년에는 『성장의 프리즘』을 여러분께 보내 드렸지요. 이번에는 '외로움'을 테마로 삼은 소설집 『외로움의 습도』를 선보입니다.

앞서 이 시리즈를 읽어 본 분이라면 아시겠지만 우리는 주제와 관련된 어떤 교훈을 주고자 하지 않았습니다. 문학작품은 삶에서 부딪치는 문제에 대한 해답지가 아니라 삶에 대한 질문이라 생각하기 때문입니다. 여러분이 책을 읽으며 "어떻게 외로움을 견딜 수 있을까?", "외로움은 꼭 극복해야만 하는 감정일까?" 같은 질문들을 떠올린다면 이 소설집에 참여한 작가들은 기쁠 것입니다.

외로움에 대해 좀 더 생각해 보기 위해 한 아이의 이야기를 들어 보겠습니다.

BTS와 떡볶이 그리고 친구와 수다를 좋아하는 평범한 중학생

A가 있습니다. A에게는 요즘 큰 고민거리가 생겼어요. 초등학교 때 친하게 지내던 친구들이 있었는데 중학교에 들어온 뒤 무언가 달라져 버렸습니다. 친구들의 말과 행동이 거칠어졌고, 다른 친구를 통해 그 친구들이 A의 뒷담화를 했다는 말도 전해 들었어요. 차마 그게 진짜냐고 묻지 못했지만 예전처럼 어울려 지내는 게 무섭고 힘들어졌어요. 그래서 결별을 선언했지요. 혼자가 되니 외롭고 막막했어요. 코로나 때문에 학교도 자주 못 가는지라, 새로운 친구를 사귈 방법도 없고요. A는 어떻게 하면 좋을지 모르겠어요. 마음 한쪽에서는 그 친구들이 그립다고 친구들에게 돌아가자고 하고, 또 한쪽에서는 그 친구들과 있으면서 생겼던 안 좋았던 일들, 깨진 믿음들이 떠올라 힘들더라도 혼자 버텨 보자고 하고요. 친구들과 문제가 생기고 나니 차라리 팬데믹이 끝나지 않았으면 좋겠다는 생각마저 들었지요.

여러분도 세부의 차이가 있을 뿐 비슷한 고민을 해 본 적이 있을 거예요. 친구를 곁에 두기 위해 마음에 없는 행동을 하거나, 이게 아닌데 하면서도 친구들 무리에 섞이기 위해 내가 원하지 않은 길을 가 본 경험이 있지요? 그래요. 외톨이가 되는 건 정말 두려운 일이에요. 어쩌면 여러분은 코로나 때문에 학교에 가지 못하며 더 절실하게 깨달았을지도 모르겠네요. 사람은 혼자 지낼 수 없다는 걸요.

인류는 아주 오래전부터 사회적 동물이었어요. 단단한 피부

나 근육도, 강력한 이빨이나 발톱도 갖고 있지 못했기에, 수십만 년 전부터 나무 위에서 늘 주변을 경계하며 서로 도와야만 살아남을 수 있었지요. 버빗원숭이나 미어캣이 소리를 내어 무리에게 천적이 나타났음을 경고하고 힘을 합쳐 적들을 물리치는 것처럼 말이지요. 무리에서 떨어져 나간다는 건 죽음과 같은 뜻이었을 거예요.

우리는 우주에 로켓을 쏘아 보내고, 나노미터 크기의 바이러스를 찾아내며, 스마트폰으로 지구 반대편 사람들과 실시간 영상통화를 하는 시대에 살고 있어요. 하지만 우리 뇌는 그대로예요. 석기를 들고 사냥을 나가던 선사시대인의 뇌와 현대인의 뇌는 구조적으로 별 차이가 없답니다. 우리는 수만 년 전에 모양과 기능을 갖춘 신석기인의 뇌를 갖고 살고 있어요.

이제 혼자 있다고 사자에게 잡아먹힐 일은 없고, 핸드폰 몇 번 클릭하면 혼자서도 충분히 음식을 주문해 먹을 수도 있습니다. 하지만 우리는 여전히 석기 시대 사람의 뇌를 갖고 있기에 오랫동안 혼자 있거나 무리에서 떨어져 나갔다는 생각이 들면 불안하고, 외로움을 느낍니다. 어떤 면에서 외롭다는 건 나를 지켜 줄 누군가가 없다는 두려움과 비슷합니다. A가 느끼는 감정은 수십만 년 전 밀림이나 초원에서 혼자 고립된 호미닌이 느꼈을 감정과 비슷할 거예요. 거미가 몸에서 실을 뽑아내고, 새가 하늘을 나는 것처럼 우리는 그냥 이렇게 태어난 거예요.

어릴 때는 가족만으로도 안정감을 느낄 수 있어요. 조금씩 성장하다 보면 가족만으로 충분하지 않게 돼요. 그래서 친구를 찾게 되지요. 우리는 어떤 무리에 속해서 함께 놀고, 이야기 나누고, 음식도 같이 먹어야 편안하고 행복한 느낌을 받아요. 여러 사람들과 더불어 따뜻하고 부드러운 대화와 접촉, 그리고 서로를 '인정'하는 시선을 주고받을 때 안정감을 느끼며 살아갈 수 있지요.

인간만 사회적 동물인 건 아니지요. 개미나 벌도 사회적 동물입니다. 하지만 인간은 개미나 벌과 달리 고도의 정신 능력을 가진 사회적 동물이기에 집단 속에서 톱니처럼 주어진 일을 수행하며 '함께 사는' 것만으로 충분하지 않습니다. 인간은 '인정'을 필요로 합니다. 어릴 때는 부모님의 인정이 필요하고, 나이를 먹을수록 조금씩 친구, 선생님, 동료들의 인정을 받고 싶어 합니다. 이런 걸 '인정 욕구'라고 합니다. 다른 세계에서 살고 있는 듯한 사람들, 대단히 많은 부를 가진 사람이나 엄청난 인기를 누리는 유명인들도 인정 욕구로부터 자유롭지 못해요. 정도의 차이만 있을 뿐 누구나 사회적 인정을 받으며 살고 싶어 합니다. 자신이 속한 집단이나 무리가 있다 해도 그 안에서 제대로 인정을 받지 못하면 외로움이라는 감정을 느끼게 돼요. 인간은 참 복잡하죠? 자신이 속한 무리가 있어도 인정을 받지 못하면 그 안에서 외로움을 느낄 수 있다니 말이죠. 그래서 우리는 늘 자신의 존재감을 다른 사람의 시선을 통해 찾으려고 합니다. 외롭지 않기 위해서이지요. 이 사실을 알고 받아들이는 것이 중요합니다.

A는 초등학교 때까지만 해도 친구들 무리 속에서 행복했다고 했어요. 친구들이 든든한 울타리 역할을 해 준다는 느낌을 받았지요. 그런데 이제는 그 친구들과 함께 있어도 안정감을 느낄 수 없어요.

만약 A가 친구들과 관계를 복원하면, 다시 편안하고 안전한 느낌을 받을 수 있을까요? 사람과 사람 사이의 관계는 어려운 일입니다. 무리 속에서 살아가는 일이 항상 행복하고 즐거울 수만은 없어요. 늘 갈등이 있을 수밖에 없지요. 원래 가까우면 가까울수록 별것 아닌 일이 심각한 갈등으로 번져 나가는 거랍니다. 가까워지면 상대방에게 요구하는 게 많아지기 때문이지요.

모든 사람은 각자 살아온 방식이 다르고, 원하는 게 다르기 때문에 진정한 친구가 되기 위해서는 상대방을 배려할 수 있어야 합니다. 상대방도 여러분을 배려해야 하고요. 사회적 집단은 굉장히 복잡한 관계와 감정으로 연결되어 있고 늘 변화하고 있습니다. 사회 속에서 적절한 관계를 맺으며 살아가기 위해 우리는 엄청난 에너지를 쏟고 있어요. 로빈 던바라는 학자는 거대한 사회적 감정노동을 감당하기 위해 우리 뇌가 이렇게 커진 거라고 주장하기도 했답니다.

나를 둘러싼 껍질이 단단한 사람은 덜 괴로울 겁니다. 관계에 집착하거나 의존하지 않거든요. 물론 그렇게 단단해지는 건 굉장히 어려운 일, 아니 불가능에 가까운 일입니다. 인간은 사회적 동물로 진화했기에 태생적으로 거북의 등껍질 같은 마음의 피부를 가질 수 없어요. 그래도 우리는 인간이기에 견디고, 기다리고, 단단해지기 위해 애쓰는 거지요.

여러분이라면 A라는 친구에게 뭐라고 조언을 해 주겠습니까? 외톨이가 되더라도 친구 무리를 떠나라고 하겠습니까? 아니면 친구 관계를 유지해 보라고 하겠습니까? 이런 이야기는 어떨까요? 불편하더라도 친구들에게 맞춰 가며 무리 속에 있을지, 쓸쓸하더라도 원하지 않는 말과 행동은 하지 않으며 마음이 맞는 친구를 기다릴지, 선택은 스스로 해야 한다고요.

여러분, 코로나 때문에 학교에서 예전처럼 친구들을 자유롭게 만나지 못했지요? SNS나 전화로 수다도 떨고, 온라인 게임으로도 만났겠지만 그래도 모여서 노는 것보다 훨씬 못했을 거예요. 많은 청소년들이 일상 공간에서 누군가를 만나지 못하고 있고, 그래서 다른 이들에게 잊히진 않을까 마음고생을 하고 있다는 말을 들었어요. 특히 A와 같은 상황을 만났거나 전학을 가서 새로운 친구를 사귀어야 할 상황이 된 분들은 더 외로움을 느꼈을 거예요.

하지만 외로움은 우리가 날지 못하고 두 발로 걷는 것처럼 인간에게 주어진 존재 조건 중 하나입니다. 외로움은 피할 수 없어요. 그저 견디는 것 외에 별다른 방법이 없지요. 그렇지만 이유를 모르고 아픈 것보다 이유를 알고 아픈 게 견디는 데 힘이 될 거라 생각해요. 여러분이 견뎌 내는 데 부디 이 책이 도움이 되었으면 좋겠습니다. 여러분 중 누군가에게 조금이라도 힘이 되어 줄 수 있다면 일곱 명의 작가들은 더할 나위 없이 큰 보람을 느낄 거예요.

우리의 접촉이 제한되는 요즘이지만, 우리는 보이지 않는 선으로 늘 연결되어 있어요. 부디 이 외롭고 쓸쓸한 이 시기를 잘 이겨 낼 수 있기를 기원합니다.

_일곱 명의 작가를 대신하여 엮은이 유영진 드림

청소년 테마 소설
외로움의 습도


1판 1쇄 2022년 4월 18일 | 1판 2쇄 2022년 11월 11일
글쓴이 김민령 문이소 보린 송미경 윤해연 전삼혜 탁경은
책임편집 곽수빈 | 편집 정현경 엄희정 원선화 이복희 | 디자인 이지인
마케팅 정민호 이숙재 박치우 한민아 이민경 안남영 왕지경 김수현 정경주
브랜딩 함유지 함근아 김희숙 고보미 박민재 박진희 정승민
제작 강신은 김동욱 임현식 | 제작처 천광인쇄사
펴낸곳 (주)문학동네 | 펴낸이 김소영
출판등록 1993년 10월 22일 제2003-000045호
주소 10881 경기도 파주시 회동길 210
전자우편 kids@munhak.com | 홈페이지 www.munhak.com | 카페 cafe.naver.com/mhdn
북클럽 bookclubmunhak.com | 트위터 @kidsmunhak | 인스타그램 @kidsmunhak
대표전화 (031)955-8888 팩스 (031)955-8855
문의전화 (031)955-3578(마케팅) (02)3144-3242(편집)

ISBN 978-89-546-8594-8 03810